Ghosting

Sebastian Ingenhoff

Ghosting

Roman

Sebastian Ingenhoff, Jahrgang 1978, hat als Kulturjournalist gearbeitet und für Zeitschriften wie Intro, Spex, Groove und das Missy Magazin geschrieben. Zudem ist er Mitbetreiber des Kölner Labels baumusik und eine Hälfte des Elektronikduos Camp Inc. Im Ventil Verlag hat Sebastian Ingenhoff 2006 den Kurzroman »Rubikon« veröffentlicht.

1. Auflage Mai 2021

ISBN 978-3-95575-144-9
Covermotiv: Katharina Schmidt
Satz: Oliver Schmitt
Druck und Bindung: maincontor GmbH

Ventil Verlag, Boppstraße 25, 55118 Mainz
www.ventil-verlag.de

All that I wanted from you was to give me
Something that I never had
Something that you've never seen
Something that you've never been!

Rihanna, *Work*

To me a dancer was a man from nowhere,
without a nation or people,
without obligations of any kind,
and this was exactly the quality I loved.

Zadie Smith, *Swing Time*

Intro

Mir scheint, ich sollte mich doch kurz vorstellen. Damit ihr euch nicht wundert, wenn ich zwischendrin mal was sage. Weitgehend bleibe ich unsichtbar. Wie das bei uns halt so ist. Es kann aber sein, dass mir mal die eine oder andere Anmerkung rausrutscht. Nicht dass ihr dann denkt: Was geistert der jetzt hier rum? Das wird auch nicht oft passieren. Die Geschichte spricht im Prinzip für sich. Es gibt eine Heldin, und die geht auf Reisen, und ihre Reise führt um die ganze Welt. Es gibt sogar ganz klassisch ein Amulett. Viel mehr will ich nicht spoilern. Ihr denkt sicher eh schon: Hat der Hustensaft getrunken? Aus welcher Parallelwelt kommt der denn? Das ist nicht so wichtig. Sagen wir: Es ist eine von vielen. Wichtig ist, dass ich die Geschichte kenne, und wenn irgendwas ist, ich bin da. Alles klar? Na dann, Cheetos raus und los jetzt. Ihr solltet unbedingt Cheetos essen. Ihr werdet später verstehen warum.

ERSTER TEIL

1

Vom achtunddreißigsten Stock aus betrachtet, wirkt Tokio wie eine surrealistische Tiefseelandschaft, in der sich leuchtende Fische, funkelnde Korallen und fluoreszierende Quallen zu einem überwältigenden Neonspektakel verbunden haben. Solana hatte kürzlich erst eine Doku gesehen, in der es um die Farbenpracht in der Unterwasserwelt ging, darum, dass die Fische, wie wir Menschen, durchaus modische Gelüste hätten. Über körpereigene Proteine nähmen die Tiere Licht auf, wandelten die Strahlung um und könnten die totale Lightshow abziehen. Giftgrün, knallrot, yveskleinblau – in den Tiefen des Meeres ginge es zu wie auf einem Catwalk!

Welchen Zweck das Ganze hat, darüber sind sich die Forscher uneins. Manche glauben an Paarungsrituale, andere wiederum behaupten, die Inszenierung habe irgendwas mit den Mechanismen von Angriff und Verteidigung zu tun. Wieder andere gehen davon aus, dass die Fische sich einfach nur schönmachen wollen.

Auch Tokio strahlt in allen Farben. Würde Solana die Jalousie hochziehen, könnte sie die Lichtshow sehen. Sie aber will die Jalousie nicht hochziehen, weil es vier Uhr morgens ist und man um vier Uhr morgens eigentlich schlafen sollte.

Was sie im Sekundentakt hochzieht, sind die Kurzhanteln aus Vinyl, die sie immer dabeihat, um ihre Oberarme in Form zu halten. Solana mag es, wenn man den Trizeps sieht. Sie ist hundemüde, aber der Körper wehrt sich gegen den Schlaf. Siebzehn, achtzehn, neunzehn ...

Sie wechselt die Position.

Das Phänomen des Jetlags hat sie noch nicht ganz ergründen können. Es ergibt biologisch gesehen überhaupt keinen Sinn. Zumindest nicht in dem Maße, wie die fluoreszierenden Fische Sinn ergeben, denn die wollen sich halt paaren oder Nahrung anziehen oder einfach nur modisch sein.

Aber dass man nachts nicht schlafen kann, obwohl man hundemüde ist und morgen wieder topfit sein muss, da spätestens ab neun wieder alle an einem rumzerren und auf einen einreden, das ergibt überhaupt keinen Sinn. Offenbar hat das was mit den Nervenzellen zu tun, die durch die Zeitumstellung überlistet wurden und jetzt denken, es sei schon wieder Tag, obwohl draußen Nacht ist, wie jeder Trottel sehen kann. Da kann die Stadt noch so sehr fluoreszieren, funkeln und in allen Neonfarben leuchten.

Solana dachte, man könne die Nervenzellen vielleicht durch gezieltes Hanteltraining überlisten, aber keine Chance. Die Nervenzellen nerven und Solana kann einfach nicht schlafen.

Sie muss an den Film denken, den sie mit Ana gesehen hatte, der auch in Tokio spielt und in dem Bill Murray das gleiche Problem hat und nicht schlafen kann und mit Scarlett Johansson an der Bar abhängt. Sie fand ihn ganz gut, aber Ana meinte, der Film sei mega-rassistisch und die Art, wie die Japaner dargestellt würden, sei eine Frechheit.

Solana fand den Film gar nicht so rassistisch, so schlecht kämen die Chinesen doch gar nicht weg und das Szenario sei einfach nur realistisch. Für sie ist Bill Murray der coolste Schauspieler, den es gibt. Also für ein altes, männliches Weißbrot zumindest.

Ana entgegnete, dass sie Solana gleich einen Gong geben würde, wenn sie noch einmal Chinesen sagte, und dass Bill Murray natürlich ein cooler Schauspieler sei, aber in anderen Filmen sei er eben viel cooler gewesen. Zum Beispiel in *Groundhog Day* oder *Ghostbusters* oder *The Royal Tenenbaums*, nicht zu vergessen der Cameo-Auftritt in *Zombieland*, aber in dem Film hätte er einfach nicht mitspielen dürfen, auch wenn er dafür eine Oscar-Nominierung bekommen hatte, und daraufhin meinte Solana: »Halt doch einmal die Fresse mit deiner bekackten Klugscheißerei.«

Und Ana entgegnete: »Genau, wenn man keine Argumente hat, dann sagt man: Halt doch die Fresse. Bloß nicht diskutieren.«

Und Solana dachte: Diskutier doch mit meinem Arsch.

Natürlich nur im Spaß, weil sie Ana liebt wie fast niemanden sonst auf der Welt, weil Ana ihre beste Freundin ist, auch wenn Ana immer diskutieren will. Da kann sie ja nichts für. Dass sie eine Klugscheißerin ist. Ana ist nicht nur ihre beste Freundin, sondern auch ihre persönliche Assistentin. Außerdem konnte Solana dafür sorgen, dass Fanta und Ninja als Tänzerinnen eingestellt wurden, und so sind auch ihre zweit- und drittbesten Freundinnen auf Tour immer dabei. Ana kümmert sich um alles und soll sich jetzt gefälligst auch um ein bisschen Schlaf kümmern.

Sie legt die Hanteln beiseite und greift zu ihrem Handy.

Solana
Könnt ihr pennen?

Kaum eine Minute später vibriert es. Dann noch mal und schließlich ein drittes Mal.

Fanta
Voll im Arsch und hellwach

Ninja
-^- ☠️ 💣

Solana
Lounge in 10 Minuten?

Ana
👌

Ninja
✌️

Solana streift sich den kurz geschnittenen, fast bauchfreien Hoodie mit der übergroßen Kapuze, dem kleinen Skorpion an der Seite und der Aufschrift scorpio by solana über, der perfekt auf die schwarze Trainingshose aus derselben Kollektion abgestimmt ist. Jene, die sie vor kurzem für einen bekannten Sportartikelhersteller gestaltet hat. Sie zieht sich die psychedelisch gemusterten Socken, die ein befreundeter Rapper für einen bekannten Sockenhersteller entworfen hat, über die Füße und schlüpft in ihre flachen, kirschblütenfarbenen Sneakers.

Eigentlich läuft sie nicht in aller Öffentlichkeit in der eigenen Kollektion durch die Gegend, andererseits ist es um die Uhrzeit mit der Öffentlichkeit noch weit hin, und außerdem ist Solana auch ein bisschen stolz auf ihre Kollektion. Schließlich hat nicht jeder eine eigene Jogginghosenkollektion, und wer eine eigene Jogginghosenkollektion hat, der hat auch die volle Kontrolle über sein Leben gewonnen, findet sie.

Sie war mehrfach gefragt worden, ob sie nicht eine Modelinie oder ein Parfüm oder wenigstens eine Unterhose auf den Markt bringen wolle und hatte immer abgelehnt. Das mit der Trainingshosen- und Schlabberpulli-Kollektion machte endlich Sinn, denn Solana liebt Trainingshosen und Schlabberpullis. Und wenn Trainingshosen und Schlabberpullis noch den eigenen Namen tragen und nach was aussehen dürfen, dann umso besser.

Hätte Solana die Jalousie nach oben gezogen, dann hätte sie in der Leuchtreklame schräg gegenüber auf der anderen Straßenseite, ca. fünfzig Meter Luftlinie, ihr eigenes Gesicht sehen können, glamourös und schwarzweiß in Szene gesetzt vom berühmten Fotokünstler Wolfgang Tillmans.

Es handelt sich um das Cover ihres aktuellen Albums *Multiverse*, mit dem sie seit vier Wochen auf Tour ist. Das heißt: seit vier Wochen Jetlag. Mal mehr, mal weniger. Erst Nord- und Südamerika, das ging noch. Dann nach Asien.

Am Schlimmsten ist es, wenn man längere Zeit von Westen nach Osten fliegt, da sich der Tag dann verkürzt und die Hormone komplett verrücktspielen. In der letzten Woche ging es von Manila über Singapur nach Delhi und von da aus wieder ostwärts zurück nach Japan. Das heißt: Mega-Jetlag.

Morgen das Konzert in Tokio. Dann zwei Tage Los Angeles und von da aus weiter nach Europa. Das ist ziemlich weit östlich von Los Angeles gelegen. Manchmal hilft Kiffen gegen Jetlag, aber bei so vielen Zeitzonen macht das Kiffen den Kopf auch nicht mehr müde.

Solana mag Kiffen ganz gerne, vor allem gegen Jetlag, aber sie ist nichts im Vergleich zu Ana. Denn wenn eine den Kiffer-Nobelpreis bekommen müsste, dann Ana.

Sie nimmt sich einen Apfel aus der Obstschale auf dem Glastisch, macht das Licht im Schlafzimmer aus, kramt ihre kleine, kastanienbraune Louis-Vuitton-Tasche beisammen und verlässt die Suite. Roger, ihr Personenschützer, pennt im Sitzen. Er schreckt auf, als Solana die Tür schließt.

»Geh mir mal kurz die Beine vertreten.«

»Soll ich mitkommen?«

»Brauchst du nicht.«

»Wirklich nicht?«, fragt Roger. Denn wenn Solana etwas zustößt, ist er der Erste, dem der Kopf abgerissen wird. Aber sie ist eben ein Dickkopf. Das hat er mittlerweile kapiert.

»Wirklich nicht«, entgegnet Solana und macht sich Richtung Fahrstuhl auf.

Das Hotel ist für ihren Geschmack ein bisschen arg esoterisch eingerichtet, so wie es seit einigen Jahren Trend geworden ist, dass Luxushotels nicht mehr vulgär glitzernd-glamourös daherkommen, sondern Naturverbundenheit vermitteln, indem exotisches Grünzeug, Wasserkaskaden, Bambus- und Teakholzspielereien, ja teilweise ganze Wälder in die Lobby und auf die Etagen verfrachtet werden.

Auch in diesem Hotel wechseln sich Design und Naturkitsch ab. Der halbtransparente Glasaufzug hat einen weichen, rasenartigen Fußboden und erstrahlt, sobald man ihn betritt, in warmen, organischen Farben, die wahrscheinlich auch aus den Tiefen des Ozeans stammen. Solana drückt den Knopf Richtung Lounge. Unten trifft sie auf Fanta, die ihre Haare unter einer schwarzen Wollmütze versteckt hat und müde vor sich hin schlurft.

Die Lounge ist in elegantes Schwarz getaucht, um jeden der kleinen Tische sind vier Sessel aus mattem Leder gruppiert. Sie ist glücklicherweise die ganze Nacht geöffnet, im Gegensatz zur molekularen Tapas-Bar, in der einem kleine Snacks aus allerlei obskuren Gemüsesorten, Tieren und Pflanzen vor den eigenen Augen zubereitet werden. Die anderen Bars und Restaurants sind bereits geschlossen.

Ana und Ninja haben sich in die Sessel gefläzt. Ansonsten ist die Lounge bis auf einen europäisch aussehenden Geschäftsmann, der in sein Tablet vertieft ist, leer.

»Fuck, ich habe noch nicht eine Minute gepennt«, schimpft Ana und putzt genervt ihre Brille.

»Ich lern schon Japanisch. Kein Scheiß, ich habe so einen japanischen Horrorfilm angefangen mit Untertiteln. Ich weiß schon, was Folter heißt, nämlich gōmon suru«, sagt Fanta. »Komm, sagt mal: gōmon suru!«

»Alter, ich folter dich gleich«, entgegnet Ninja und lässt etwas unmotiviert, da gleichfalls übermüdet, ihre Faust knacken.

»Haben wir wirklich nichts zum Rauchen da? Ich dreh durch«, sagt Solana.

»Wo willst du denn hier was herkriegen?«, fragt Ninja.

»Irgendwer von den Chinesen wird doch was haben«, antwortet Solana.

»Japaner. Wir sind in Japan und hier leben Japaner. Und die Japaner kiffen offenbar nicht. Sei nicht so scheißrassistisch«, sagt Ana, wird in ihren Ausführungen jedoch von dem schwarz livrierten Kellner unterbrochen, der gerade an ihren Tisch tritt.

»Darf ich Ihnen etwas bringen?«

»Äh, ja, auf jeden Fall!«, sagt Ana und blättert hektisch in der Getränkekarte. Sie sucht nach der englischen Version.

»Einen riesengroßen Blunt, bitte«, feixt Solana.

»Entschuldigung, einen Blend? Wir haben nur Single Malts«, antwortet der Kellner.

»Solana!«, schimpft Ana.

»Vier Vodka Tonic, bitte«, unterbricht Ninja und nimmt den anderen die Entscheidung ab.

»Für mich bitte auch vier Vodka Tonic«, sagt Solana, was wiederum einen bösen Blick von Ana und noch mehr irritierte Blicke des Kellners hervorruft.

»Also ... acht Vodka Tonic und einen Whiskey?«, fragt der Mann mit ernsthaftem Stirnrunzeln.

»Haha, du bist so scheißwitzig«, meckert Ana in Solanas Richtung, ehe sie sich entschuldigend an den Kellner wendet:

»Sorry, meine Freundin macht blöde Witze. Vier Vodka Tonic, bitte. Für jeden einen. Und keinen Whiskey, bitte.«

Der Kellner nickt verständnisvoll und verschwindet Richtung Bar.

»Der Witz ist übrigens von Asterix & Obelix geklaut«, sagt Ana.

»Du bist selbst von Asterix & Obelix geklaut, du bist voll Humornix. Das war gar kein Witz. Ich brauch mindestens vier Vodka Tonic, um schlafen zu können. Oder einen dicken

Blunt«, seufzt Solana und checkt ihr Handy. Auch die anderen tippen lustlos auf ihren Handys herum.

In der New York Times sollte heute eine Lobhudelei einer berühmten Schriftstellerin auf Solana erscheinen. Aber sie weiß schon gar nicht mehr, wann heute anfängt und gestern aufgehört hat.

Solana hatte letzte Woche mit der Schriftstellerin geskypt. Sie kannte sie nur vom Namen her. Die Schriftstellerin war um die dreißig und sehr sympathisch. Am Ende des Gesprächs sagte sie, sie sei auf dem Konzert in New York gewesen und so sehr berührt, dass sie noch Tage danach ihre Freunde genervt habe. *Multiverse* sei für sie das wichtigste Album unserer Tage, weil es einerseits ein so großartiges, zeitgemäß produziertes R&B-Album sei, sich andererseits aber nicht an den Mainstream anbiedere und Solana eine Edgyness verleihe, die ihr gutstünde. Dass sich eine so große Künstlerin so etwas traue, sei außerordentlich. Als Solana auf die Bühne gekommen sei und die ersten Takte von *I started walking* erklangen, jener ultraminimalistischen, ganz ohne Beat auskommenden, lediglich auf dunklen Bässen, schlangenartig zischelnden Hi-Hats und ihrer voluminösen Stimme basierenden Ballade, die auch nur als Bonus Track auf der Deluxe-Version des Albums enthalten war, da habe sie eine zentimeterdicke Gänsehaut bekommen. Die Schriftstellerin war offenbar wirklich sehr gerührt.

Solana fand das süß und schämte sich ein bisschen, noch nie ein Buch von ihr gelesen zu haben. Sie beschloss aber, das nachzuholen, und lud sich noch am selben Abend die letzten beiden Romane der Schriftstellerin, von denen einer sogar mit dem Pulitzer-Preis ausgezeichnet worden war, auf ihren Reader. Der Text der New York Times ist aber noch nicht online.

»Scheiße, in nicht mal vier Stunden müssen wir aufstehen ...«, setzt sie zum erneuten Klagelied an, wird jedoch durch den Kellner unterbrochen, der die Getränke auf einem Tablett herbei balanciert.

»Vier Vodka Tonic, bitte.«

»Ich mach das schon«, sagt Ana und zeichnet die Bestellung gegen. »Könnten wir vielleicht auch was zu essen bekommen?«

»Entschuldigung, aber die Frühstückslounge öffnet leider erst um sechs und alles andere hat schon geschlossen«, entgegnet der Mann höflich.

»Aber wir haben solchen Hunger, ohne Scheiß, und wir können nicht schlafen. Ich könnte einen Elefanten verputzen! Wir sind echt gefoltert, gōmon suru, verstehen Sie?«, quengelt Fanta, woraufhin der Kellner noch irritierter wirkt. »Entschuldigung, go... wie?«

»Go...«

»Alter, reiß dich zusammen«, giftet Ana in Fantas Richtung und wendet sich an den Mann. »Entschuldigung, wir sind ein bisschen übernächtigt. Keine Umstände, wir warten oder gehen noch mal auf unsere Zimmer. Aber wir verhungern schon nicht.«

Ana ist der Meinung, man müsse das ja nicht überstrapazieren mit dem Rundumservice und den Extrawürsten.

»Wenn Sie wollen, kann ich in der Frühstückslounge aber mal anrufen. Manchmal sind um die Uhrzeit schon ...«

»Echt? Das würden Sie tun? Das wäre absolute Weltspitzenklasse, wir würden Sie heiraten!«, sagt Fanta, die kurz davor ist, dem Mann um den Hals zu fallen.

»Müssen nicht gleich heiraten, aber ich kann ja mal fragen«, antwortet der Kellner schmunzelnd, als fürchte er tatsächlich, gleich vierfach geheiratet zu werden.

Dann verschwindet er Richtung Bar.

»Babes, lasst uns betrinken«, prostet Solana den anderen zu.

»Was anderes bleibt uns wohl auch nicht übrig«, seufzt Ana und nimmt einen großen Schluck.

Der Vodka Tonic ist köstlich. Auf Vodka Tonic ist fast so viel Verlass wie auf Pizza. Pizza ist für sie die mit Abstand beste Erfindung der Menschheit und auf jeden Fall besser als alle molekularen Feinkostspezialitäten, die sie in den Edelrestaurants weltweit schon probiert hatte, zusammengerechnet. Pizza ist immer für einen da.

Der Kellner kommt zurück an ihren Tisch.

»Ich habe gefragt in der Frühstückslounge und es ist schon möglich American Breakfast oder Continental Breakfast, wenn Sie wollen. Sie bringen hierhin.«

»Echt jetzt? Oh Mann, wissen Sie, wer der absolut weltspitzenmäßigste Typ im ganzen Universum ist?«, fragt Fanta mit einem Strahlen im Gesicht, als hätte sie gerade den Award für die beste internationale Tanzchoreografie gewonnen.

»Entschuldigung, der weltgespitzteste was ...?«, fragt der Kellner mit erneuter Irritation.

»Sie! Der weltspitzenmäßigste Typ sind Sie!«, antwortet Fanta mit einem noch breiteren Grinsen, woraufhin sie von Ana unterm Tisch vors Schienbein getreten wird.

»Aua! Was ist los mit dir?«, giftet sie zurück.

»Ich würde sagen, wir nehmen dann viermal das American Breakfast, oder? Bitte mit Pancakes, Würstchen und doppelt Rührei für mich«, unterbricht Ninja.

»Für mich bitte lieber das Continental Breakfast. Gerne mit ein bisschen Kimchi, Algensuppe und dazu ein kleines Tamagoyaki-Omelett«, sagt Ana.

»Also dreimal American Breakfast und einmal Continental«, notiert der Kellner, verbeugt sich, bleibt aber noch kurz stehen, überlegt und grinst ein paar Sekunden vor sich hin, ehe er fast akzentfrei, jede Silbe betonend, hinzufügt: »Weltspitzenmäßigste Wahl, Alter.«

Die Mädchen spucken fast ihre Drinks auf den Tisch vor Lachen.

2

Die Musik von Nina Simone ist wie Balsam für Solana. Ihre tiefe Stimme hat etwas Beruhigendes, so wie Yogaübungen oder ein dicker Blunt etwas Beruhigendes haben. Der Motor des Wagens ist leise, man hört ihn kaum. So stört er auch nicht die Musik. Solana summt die Melodie von *Don't smoke in bed* leise mit und starrt gedankenversunken aus dem Fenster. Die Bucht von Tokio wirkt wie eine von technokratischen Göttern errichtete Version des Bosporus. Alles ist vollkommen akkurat angeordnet, die kleinen grünen Inseln wie geometrische Figuren, das Silberweiß der Hängebrücke penibel abgestimmt auf die Farbe der Gebäude auf der anderen Seite. Abends erstrahlt die Brücke in allen Regenbogenfarben. Die ganze Stadt flimmert und flackert, dass es eine Warnung für Epileptiker bräuchte. Solana findet es immer wieder erstaunlich, wie sich diese Megacities auf bizarre Weise ähneln, auch wenn Istanbul und Tokio natürlich zwei völlig verschiedene Paar Schuhe sind, das eine mit Schmutzspuren und schon etwas ausgetreten, das andere blitzblank poliert und in grellem Design.

Don't look for me / I'll get ahead / Remember darling / Don't smoke in bed.

Es gibt nur zwei Personen, die Solana unmittelbar vor der Show ertragen kann, und das sind Ana und Nina Simone. Also hat sie verfügt, dass sie immer gemeinsam mit Ana zur Arena gefahren wird und sie dabei Nina Simone hören, da es beruhigend ist, Ana dabei zu haben und Nina Simone zu hören. Sie liebt die Art, wie Nina singt und die Wörter dabei langzieht, die Vokale dehnt, weil jedes Wort zählt. Wie sie Klavier spielt, die kleinen kunstvollen Pausen zwischen den Tönen.

In einem Interview mit einem europäischen Magazin hatte Solana mal über Nina Simone gesprochen. Der Journalist fragte sie, warum sie denn nicht eine Coverversion von Nina Simone mache, da die doch ein modernes Update vertragen könne, und Solana widersprach und sagte, die Songs von Nina könne man mit einem modernen Update nur verhunzen, sie seien so perfekt komponiert und zeitlos, da gebe es nichts zu verbessern, und alle existierenden Coverversionen seien grottenschlecht. Man könne alles problemlos covern, aber nicht Nina Simone.

Nicht mal mitsingen würde sie ihre Songs, sondern lediglich summen. Nicht, dass sich Solana für eine schlechte Sängerin hielte. Im Gegenteil, sie bekommt ja auch ständig erzählt, sie sei eine der besten Gesangskünstlerinnen, die es derzeit gibt auf der Welt. Aber sie ist keine Meisterin im dunklen Bereich.

Der einzige Mensch, der Ninas Songs halbwegs adäquat singen kann, ist Solanas Mama, die eine ausgesprochen tiefe Stimme hat, die Ninas Songs immer gesungen hatte, ob beim Aufräumen, beim Solana-in-die-Schule- oder Solana-ins-Bett-bringen.

So hatte Solana schon in frühester Kindheit Nina Simones Lieder lieben gelernt, wie sie später die Songs von Aaliyah, Lauryn Hill oder Björk lieben lernte. Ninas Songs seien Balsam für die geschundenen Seelen einer geschundenen Welt, hatte ihre Mama immer gesagt, und das war der zweitbeste

Satz, den Solana über Nina Simone kannte. Der Beste kam von Lauryn Hill und ging: *So while you are imitating Al Capone, I'll be Nina Simone, and defecating on your microphone.*

Draußen rauscht Tokio vorbei. Solana mag es, dass Ana nicht viel redet vor der Show, weil Ana noch aufgeregter ist. Obwohl sie selbst nicht viel machen muss, außer dafür sorgen, dass alles läuft, wobei sie hauptsächlich dafür sorgt, dass Solana in Ruhe gelassen wird, weil sie Ruhe braucht vor dem Orkan, dem Geschrei, dem Flackern und den Gesichtern.

Bei ihren Tänzern und Musikern ist das anders. Die pumpen Outkast oder Wu-Tang Clan in voller Lautstärke, um sich einzupeitschen, springen und tanzen und wirbeln wild durch den Backstage-Bereich, bis sich kein normaler Mensch mehr da rein traut. Solana liebt ihre Crew, aber kurz vor der Show sind Ruhe und Konzentration angesagt, weswegen sie oft erst in letzter Sekunde zu den anderen stößt, was das Tourmanagement manchmal wahnsinnig macht, weil ein Auftritt in einer so großen Arena nun mal sekundengenau getaktet ist und Verspätungen jeglicher Art einfach nicht vorgesehen sind.

Aber wenn Solana sagt, dass das so gemacht wird, dann wird das auch so gemacht, und meistens geht ja auch alles gut.

Der weiße SUV wird von den Securities am hinteren Bereich der Arena in die Unterführung gewunken, die zum Backstage-Bereich führt. Man hört schon die Bässe, und wenn man ganz genau hinhört, kann man auch die Stimme ihres Supports Young Moses hören, der gerade auf der Bühne steht. Der Wagen hält neben dem Eingang, an dem zwei stämmige Männer mit Funkgeräten postiert sind. Solana und Ana packen ihren Kram zusammen und steigen aus. Sie nicken den Männern kurz zu, die ehrfürchtig zur Seite treten. Eigentlich hätten Ana und Solana ordnungsgemäß ihren Zugangsberechtigungsausweis vorzeigen müssen, aber entweder haben die beiden Männer ihre Sprache verloren oder im Eifer der Aufregung einfach vergessen, danach zu fragen. Aber man sieht ja auch, wer da kommt.

Sie werden von der gleichen durchorganisierten Frau mit dem akkuraten Pagenschnitt in Empfang genommen, die sie gestern schon im Hotel begrüßt hatte. Solana hat den Namen vergessen, aber Ana weiß ihn noch, weil sie nie was vergisst, was gut ist, da die Frau die örtliche Ansprechpartnerin ist, die sich um alles kümmert und deren Namen man sich besser merken sollte und die ihnen nun auch den Weg zu Solanas Garderobe weist.

Solana hat sich die Kapuze ihres Hoodies tief ins Gesicht gezogen, da sie es nicht mag, von allen angestarrt zu werden, sobald sie einen Raum betritt. Aber natürlich wird sie auch hier von allen angestarrt, denn man erkennt sie auch unschwer mit tief ins Gesicht gezogener Kapuze, weil sie eben Solana ist und nicht Anna Average oder deine Mutter.

Einige unterbrechen ihre Arbeit, manche bleiben andächtig stehen, lächeln unsicher oder verbeugen sich sogar. Einer der Techniker, ein sehr junger Junge mit verwuschelter Frisur, höchstens achtzehn, möchte ein Foto mit Solana machen, wird aber von der Pagenschnittfrau auf Japanisch zurechtgewiesen, was den armen Kerl erröten und beschämt zu Boden gucken lässt. Solana wirft ein, dass es schon okay sei, ein Foto zu machen, und zieht ihre Kapuze ab, was den Jungen noch mehr erröten lässt, der schüchtern seine Kabel auf den Boden legt, das Handy zückt und sich neben Solana aufstellt, ohne den Arm um sie zu legen, wie man es meistens macht. Dann fixiert er mit der Kamera ihre beiden Gesichter, betätigt den Auslöser, verbeugt sich etwas hektisch und huscht mit seinen Kabeln von dannen.

Wie auf Knopfdruck zücken plötzlich aber alle der anwesenden Techniker, Logistiker, Caterer und wer auch immer hier gerade durch die Katakomben wuselt, ihre Handys und machen Fotos von Solana, als sei die Entblößung des Kopfes das offizielle Signal dafür, dass man jetzt Fotos machen dürfe. Solana bemüht sich, möglichst galant zu lächeln, ehe die Frau mit dem Pagenschnitt wieder etwas auf Japanisch sagt, diesmal in noch resoluterem Ton, was einige, aber nicht alle der Anwesenden dazu bringt, die Handys wegzustecken und ihre Arbeit wieder aufzunehmen. Dann bringt die Frau sie in die Garderobe und es herrscht endlich Ruhe. Ana und Solana sind allein.

»Ich bin so scheißmüde«, seufzt Ana und hält sich die Hand vor die Stirn.

»Ich auch. Ich brauch was zu rauchen«, sagt Solana.

»Ich glaub, Rauchen wär nicht so die geilste Idee. Aber ich hab was von Moe gekriegt. Nur ein paar Krümel, doch der meinte, das sei megastark.«

»Rollst du uns einen?«

»Du musst gleich auf die Bühne. Lass lieber vorm Schlafengehen einen rauchen, dann sind wir morgen auch wiederhergestellt.«

»Komm schon. Nur zweimal ziehen, versprochen. Rest rauchen wir später«, widerspricht Solana.

Die Garderobe ist fast so groß wie eine Hotelsuite. Es gibt eine gemütliche Sitzecke. Eine lange Kleiderstange. Mehrere Spiegel mit unterschiedlich starker Beleuchtung. Einen Getränkekühlschrank. Einen Cateringtisch, der mit heißem Wasser, allerlei Teesorten, Nüssen, Früchten, rohem Fisch, Tapas und kleinen Salaten drapiert ist. So wie sie es in ihrem Rider stehen hat, der im internationalen Popstarvergleich jedoch nicht übermäßig exzentrisch daherkommt. Man muss sich klarmachen, dass es Künstler gibt, die sich Smarties nach Farben sortieren lassen. So etwas macht Solana nicht. Mehr als ein paar kleine Häppchen kann sie kurz vor der Show ohnehin nicht mehr essen. Kurz vor der Show kann Solana nicht mal mehr Pizza essen.

Vor der Show will sie einfach nur ihre Ruhe. Das ist der wichtigste Punkt in ihrem Rider. *Die Künstlerin bitte nicht in der Garderobe stören* steht dick oben geschrieben, noch vor Verpflegung, Transport, Produktionsablauf und dem ganzen anderen Pipapo. Es gibt auch keinen Grund, die Künstlerin in der Garderobe zu stören. Ihre Visagistin trifft sie im Hotel kurz vor der Abfahrt. Sound checkt die Crew. Orga macht das Tourmanagement. Umziehen kann sie sich alleine.

Nicht mal ihr Tourmanager Steve darf sie in der Garderobe stören. In die Garderobe darf nur Ana und sonst niemand.

Solanas Bühnenoutfits hängen fein säuberlich in der korrekten Reihenfolge an der Kleiderstange. Anfangs trägt sie ein weißes Tuch über dem Kopf, dazu eine lange Perlenkette, den halboffenen Blouson mit Skorpionmuster zur weit geschnittenen, auf den Schuhen liegenden, aber nicht an den

Beinen flatternden Hose. Nach dem Opener *I started walking* zieht sie das Tuch ab und zeigt den kreischenden Fans ihr Gesicht.

Im weiteren Verlauf der Show wird sie den Blouson gegen eine elegante Anzugjacke austauschen und zu einer gleichfarbigen Hose wechseln mit einem Schnitt, der auch Marlene Dietrich gutgestanden hätte.

Die Anzugjacke wie auch die Hose stammen von ihrem Lieblingsdesigner Alexander von Traunstein und wurden eigens für sie kreiert. Im Gegenzug musste sie Alexander versprechen, nächste Woche bei einem Fotoshooting in Island dabei zu sein. Alexander ist Österreicher und kommt aus Wien. Seine Shootings und Modeschauen sind berühmt-berüchtigt. Angeblich sei er schon mehrfach von seinen Models verklagt worden, weil er sie hatte bluten lassen oder zu Tieren verarbeitet oder so ähnlich, hatte Solana gehört, das aber nie so recht glauben können. Zu ihr war er immer charmant und zuvorkommend. Doch Alexander hatte nie bestritten, dass er seinen Modellen einiges zumute. Dafür seien sie eben Teil einer Alexander-von-Traunstein-Show. Was er genau macht, nächste Woche in Island, das weiß Solana nicht genau. Langweilig wird es sicher nicht.

Die Outfits ihrer Tänzerinnen und Tänzer sind ebenfalls von Alexander von Traunstein gestaltet. Sie sind Unisex gekleidet, tragen elegante Shirts und lange silberne Halsketten zu schwarzen, taillierten Hosen, die in Stiefeln stecken. Was wunderbar zur Choreografie passt, die von der New Yorker Ballroom-Szene aus den späten Achtzigern inspiriert ist, als man nicht immer genau wusste, ob gerade Männlein oder Weiblein tanzt. Ninja meinte mal: »Irgendwann wird es eh keine Männlein oder Weiblein mehr geben, sondern nur noch Arschlöcher.« Das kam aus irgendeinem Film und machte auch irgendwie Sinn, fand Solana.

Ninja wurde als Kind selbst oft für einen Jungen gehalten, weil sie ihre dunklen Locken immer kurz getragen hatte und für ein Mädchen ziemlich viele Jungsinteressen hat, wie zum Beispiel Kampfsport. Ninja kann besser Jiu-Jitsu als der gesamte Wu-Tang Clan. Die könnte den ganzen Clan verkloppen, da kann RZA noch so viele Kung Fu-Filme drehen. Ninja kann auch andere Kampfsportarten, aber Jiu-Jitsu ist die Königsdisziplin, sagt Ninja immer, die ihren Spitznamen ja nicht von ungefähr hat. Manchmal wird Ninja von den Jungs gehänselt, wegen ihres burschikosen Auftretens, aber dann stellt sie sich den Jungs kurz vor, auf ihre Ninja-Art, und dann wird sie nicht mehr von den Jungs gehänselt. So hat jede aus der alten Brooklyn-Crew ihre Superkräfte.

Ana kann bessere Blunts rollen als der gesamte Wu-Tang Clan. Solana mag Blunts viel lieber als Joints, weil ein Blunt einfach mehr Stil hat. Wobei so ein Blunt ziemlich stark sein kann, und die Blunts, die Ana dreht, sind ziemlich stark. Wenn also das Zeug, das Ana von Moe gekriegt hat, ohnehin stark ist, dann sollte man besser aufpassen. Aber Solana braucht jetzt dringend einen Zug von einem richtig guten Blunt, weil es in ihrem Kopf gerade zugeht wie in einer Nervenheilanstalt. Sie ist völlig fertig, total übernächtigt, emotional überfordert, muss gleich auf die Bühne und jetzt ... vibriert auch noch ihr Handy.

Ty
baby, ich vermiss dich

»Fuck«, seufzt Solana, und schleudert das Telefon auf die Ledercouch.

»Ty?«, fragt Ana, und leckt das braune Papier vorsichtig an, ehe sie es sorgfältig zusammenrollt, darauf achtend, dass nichts zerbröselt oder rausfällt. Solana nickt.

»Das hat gerade noch gefehlt, dass der Trottel sich jetzt meldet.«

»Dann schreib ihm das.«

»Was?«

»Dass er ein Trottel ist.«

»Weiß er doch. Hab ich ihm geschrieben. Hab ich ihm auch gesagt. Hilft ja nichts. Geht hier rein, da raus.« Solana deutet erst auf das eine, dann das andere Ohr.

»Und wieso meldet er sich dann noch? Und ausgerechnet jetzt?«

»Keine Ahnung. Weil er halt ein Trottel ist.«

»Ist der nicht gerade selbst auf Tour?«

»Was weiß ich. Interessiert mich auch nicht. Kein Bock, zu antworten.«

»Dann ghoste ihn halt«, grinst Ana und hält ihr den fertigen Blunt entgegen. »Typen gehen eh hier rein, da raus.«

Solana schmeißt sich auf die Couch, schlüpft aus den Schuhen, streckt die Beine aus und steckt sich den Blunt in den Mund. Sie zündet ihn an und nimmt einen tiefen Zug. Sie muss gleich husten.

»Alter, was ist das denn für ein Teufelskraut?«

Solana zieht ein zweites Mal und muss noch mehr husten. Sie hustet sich fast die Lunge aus dem Hals, bis sie keine Luft mehr bekommt.

»Scheiße, brennt das in den Lungen.«

»Ok, Sweetie, wir haben gesagt zweimal ziehen. Gib rüber, den Lolli«, sagt Ana.

»Ist ja gut«, hustet Solana weiter und reicht ihr den Blunt. Ana ist so einiges gewohnt, da sie, wie schon gesagt, den Kiffer-Nobelpreis gewinnen würde, wenn es einen gäbe, aber selbst sie muss jetzt kräftig husten.

»Shit, ist das krass.«

»Ich dachte, die Japaner kiffen nicht, hast du gesagt. Aber wenn die immer so Zeug rauchen, dann fetten Respekt. Das kommt bestimmt aus Fukushima oder so«, keucht Solana, immer noch schnappatmend.

Ana feuchtet zwei Finger mit der Zunge an und macht den Zigarillo aus, ohne sich zu verbrennen.

»Rest rauchen wir echt erst vorm Schlafengehen, das ist ja der Monstershit. Du solltest dich langsam umziehen, Süße«, sagt Ana.

»Jaja. Lass mich noch paar Minuten chillen.«

Ana schaut auf ihr Handy.

»So viel Zeit ist echt nicht mehr. Wir haben superlange gebraucht. Hab das Gefühl, der hat uns einmal durch die halte Stadt gefahren.«

»Jaja.«

»Nix ›Jaja‹, aufstehen jetzt«, sagt Ana, die nun versucht, ihre Freundin mit beiden Händen und voller Kraft von der Couch zu ziehen. Solana kann sich dem Griff aber entwinden, woraufhin Ana in Scherenposition mit nach vorne gestreckten Armen und nach hinten gebeugtem Po für ein paar Sekunden stehen bleibt, ehe die Schwerkraft siegt und sie voll auf ihren Hintern plumpst.

»Aua.«

Solana kriegt den totalen Lachanfall.

»Haha, das sah so geil aus.«

»Aua, das tat echt weh. Ich glaub, ich hab mir den Arsch gebrochen.«

Ana wirft sich mit vollem Gewicht auf Solana und versucht sie, von der Couch zu bugsieren, aber ohne Erfolg, was Solana nur noch mehr lachen lässt, woraufhin Ana anfängt, sie an der Seite zu kitzeln. Solana gibt auf und lässt sich von der Couch fallen.

»Du bist so scheiße«, lacht sie.

»Du bist selber voll scheiße. Zieh dich endlich an«, grinst Ana. »Und wenn du schon stehst, dann schmeiß mal was zu futtern rüber.«

Solana versucht, vom Boden aufzustehen, doch ihre Beine fühlen sich an wie ein platter Fahrradreifen.

»Ich kann nicht aufstehen. Ich krieg das überhaupt nicht mehr hin.«

Sie windet sich auf dem Boden hin und her.

»Das ist überhaupt nicht lustig. Du musst dich umziehen, und ... ich hab voll Bock auf Cheetos jetzt.«

»Haha, Cheetos wären so megageil. Wie geil wären Cheetos jetzt bitte?«, lacht Solana.

»Cheetos wären jetzt so das Megageilste, aber haben wir überhaupt nicht aufm Rider stehen, Fuck. Warum eigentlich? Welcher Hirni hat eigentlich den Rider gemacht? Du? Ich meine, wie geil Cheetos jetzt wären.«

»Ich geb dir gleich Hirni, aber warte, gib Handy, ich check mal«, sagt Solana und rudert mit dem rechten Arm in der Luft herum, dabei immer noch auf dem Boden liegend. Sie verfehlt aber das Handy, das Ana ihr entgegenwirft, um ein paar Zentimeter, so dass es ihr ins Gesicht klatscht. Wieder kriegen sie sich beide überhaupt nicht mehr ein.

»Aua, Scheiße, das gibt voll Beule.«

Solana öffnet den Chat mit Ty und drückt auf Antworten.

Solana
baby, vermissen cheetos

Sie drückt auf Senden, rollt sich dann auf den Bauch und hämmert mit der Faust auf den Teppichboden, während ihr vor Lachen die Tränen in die Augen laufen. Sie kann einfach nicht aufhören. Es ist unmöglich.

»Was hast du gemacht?«, kreischt Ana, die sich ihrerseits von der Couch rollt und zu Solana robbt. Sie schnappt sich das Handy, schaut auf das Display und fängt auch an loszuprusten.

»Das kannst du nicht bringen. Der arme Kerl, der bringt sich doch um, der ist eh so sensibel.«

»Ach was, der soll sich nicht so anstellen. Der hat eh schon wieder drei andere gehabt. Jetzt kommt der an und meint, der könnte ein bisschen flennen und alles gut wie immer. Am Arsch kann der mich.«

»Du kannst manchmal voll der Machoarsch sein, weißt du das eigentlich?«, sagt Ana grinsend, aber in doch etwas ernsthafterem Ton jetzt.

»Machoarsch? Fick dich. Ich geb dir gleich Macho auf deinen Arsch«, antwortet Solana und boxt ihre Freundin in die Seite.

»Ist ja gut, ich hab dich ja trotzdem lieb, du blöde Kuh.«

Ana fängt den nächsten Schlag ab und nimmt Solanas Hand in die ihre. Sie drückt ihr einen Kuss auf die Stirn.

»Aber du musst dich jetzt trotzdem anziehen, weil sonst ist alles zu spät und dann gibt es weder Cheetos noch Konzert.«

»Aber wir brauchen doch unbedingt Cheetos«, quengelt Solana, die aber langsam auch wieder etwas klarer im Kopf wird.

»Fuck, hab ich dem gerade echt geschrieben, er soll uns Cheetos bringen?«

»Hast du. Du hast es voll vergeigt«, sagt Ana mit gespielt traurigem Blick und streichelt Solana durch ihr dunkles, langes Haar.

»Oh Mann ...«

Sie nimmt das Handy und öffnet erneut den Chat mit Ty. Er hat noch nicht geantwortet.

Solana
Sorry. War ein blöder witz. Sind bisschen bekifft

»Du musst jetzt echt aufstehen und dich anziehen«, sagt Ana.

»Ich kann aber nicht aufstehen und mich anziehen. Kannst du nicht paar Chinesen rufen und die ziehen mich an?«, jammert Solana.

»Ich geb dir gleich Chinesen, du scheißversnobter Latino-Macho. Du stehst jetzt auf, weil – ich als deine persönliche Assistentin befehle es dir!«

»Du befiehlst mir überhaupt nichts. Ich befehle dir jetzt erst mal, mir so ein Fischdings von da vorne in den Mund zu stecken. Weil – du bist meine Assistentin und du musst mir dienen, bis dass der Tod uns scheidet.«

Solana öffnet kokett ihren Mund, immer noch auf dem Rücken liegend und alle viere von sich gestreckt.

»Ich steck dir gleich MEIN Fischdings in den Mund, wenn du nicht sofort aufstehst.«

»Oh Baby, gib mir dein Fischdings«, haucht Solana lasziv und räkelt sich auf dem Teppich. Ana steigt gleich drauf ein.

»Uuuuh, oh Gott, warte, ich besorg es dir. Ich will es dir geben. Sorry, aber ich glaub, ich halte es nicht mehr aus, es kommt mir ... es kommt dir gleich voll ins Gesicht«, stöhnt sie mit gespielter Lüsternheit, schleicht sich zum Cateringtisch, grabscht eine der dünnen Sashimi-Scheiben vom Teller, nimmt Solanas Gesicht ins Visier und landet den totalen Volltreffer. Der rohe Fisch bleibt auf Solanas Stirn pappen. Die muss wieder voll lachen, springt jetzt aber mit gerade noch für unmöglich gehaltener Energie auf und jagt Ana im Kreis durch die Garderobe.

»Bitch, ich mach dich so alle, du bist so dermaßen tot, du kannst dich morgen krankschreiben lassen ...«

3

Das donnernde Geräusch beim Einfahren der Züge hatte Solana regelmäßig zusammenzucken lassen. Sie konnte einfach nicht verstehen, warum Züge so schnell in den Bahnhof rasen. In New York fuhren die Bahnen mit Lichtgeschwindigkeit und hielten erst in der allerletzten Sekunde kurz vor der Markierung. Solana bekam jedes Mal einen Herzinfarkt.

Auch die Katakomben der Arena erinnern an einen U-Bahnhof, es gibt bloß keine Graffitis oder Werbebilder, alles – die Wände, die Decken, die Böden – erstrahlt in sterilem Weiß, und von oben brummen die Bässe, als würde der L Train in Dauerschleife über ihre Köpfe hinweg rasen.

Die Bässe sind ihr Einsatz. Das Zeichen zum Loslaufen, damit sie rechtzeitig zur ersten Strophe von *I started walking* auf der Bühne ist.

Ana ist bis zur letzten Sekunde bei ihr. Erst kurz vor der Treppe, die nach oben führt, verabschieden sich die beiden. Ana umarmt sie dann noch einmal, sagt aber nichts, weil das Mikro schon an ist und die ganze Arena sie hören würde. Dann verschwindet Ana in den Katakomben und Solana muss alleine hinauf ins Blitzlicht. Ihre Tänzer und Musiker warten in der Versenkung am hinteren Bereich der Bühne, werden erst zum zweiten Song hochgefahren.

Mittlerweile ist es fast zehn Jahre her, dass sie Ana kennengelernt hatte, und Solana muss immer an den L Train denken, wenn sie mit Ana durch die Katakomben der Arenen läuft und die Bässe über ihnen brummen. Weil ihre ersten Wochen in New York untrennbar mit dem L Train verbunden sind.

Die sieben Stationen von der Jefferson Street bis zur Bedford Avenue waren eine Reise in eine andere Welt. Der Weg zur U-Bahn führte durch den Maria Hernandez Park, über den gepflasterten Platz mit dem Papageienbild auf dem Boden, vorbei an den Skatern, hin zu der Station, die wegen des pastellfarbenen Designs und der altmodischen Mosaikbilder auf den gekachelten Wänden fast ein bisschen berühmt war. Bushwick war damals noch wie aus der Zeit gefallen. Nichts deutete in irgendeiner Weise auf Fortschritt hin. Die Straßen waren grau und die Häuser verfallen. Man hatte Angst, dass einem das Haus auf den Kopf fiel, sobald man eine Tür öffnete. Solana bewohnte ein kleines Zimmer in einer dieser Abrissbuden mit Bad auf dem Flur, Schimmel an den Wänden, Geschrei auf den Gängen ...

Williamsburg hingegen war eine ganz andere Welt. Wenn Solana an der Bedford Avenue ausstieg und die kleine Treppe zur Straße hochlief, wähnte sie sich wie in einem Film. Die Menschen bewegten sich viel selbstbewusster. Sie waren komplett von sich überzeugt. Solana arbeitete in einem der vielen Cafés der Gegend, die aber nicht mehr Cafés hießen, sondern Namen wie »Independent Coffee House« trugen.

Die Cafés sahen altmodisch aus, aber nicht verwahrlost altmodisch wie die Häuser in Bushwick, sondern schick altmodisch, mit Vintagemöbeln, geschliffenen Böden aus Holz und Bücherregalen im Retrodesign, die mit Nippes, Kunst und Magazinen dekoriert waren. Die Kundschaft bestand aus jungen Müttern mit Yogamatten und Kreativen mit Bart und Brille, die auf ihre Laptops starrten und, wenn sie denn mal mit einem redeten, erzählten, dass sie gerade ein neues Projekt pitchten. Von der Kreativität sah Solana jedenfalls nie viel.

Sie sah in erster Linie junge Schnösel, die die monatlichen Schecks ihrer reichen Eltern in Fünf-Dollar-Kaffee und Sandwiches investierten. Dafür war der Kaffee echter Kaffee und wurde in großen, altmodischen Tassen aus Porzellan serviert. Solanas Job war es, den Kaffee aus der silbernen, überdimensionierten Maschine, die nach jeder Anwendung aufs Neue gereinigt werden musste, in die überdimensionierten Tassen laufen zu lassen, um sie den jungen Kreativen servieren zu können. Die konnten stundenlang Kaffee trinken. Solana hatte keine Ahnung, ob die überhaupt irgendwas arbeiteten, manche saßen bloß da und starrten doof auf ihre Laptops. Den Kaffee aus der Maschine zu bekommen, war gar nicht so leicht.

Am Kaffeeautomaten hing eine Anleitung, die die notwendigen Arbeitsschritte genauestens illustrierte, von der Aktivierung der Wasserkesselbeheizung über die Reinigung des Dampfrohres bis hin zur ordnungsgemäßen Platzierung des Plätzchens auf dem Unterteller neben der Kaffeetasse. Bei der Kaffeezubereitung durfte dem Personal – ganz wichtig – kein Fehler unterlaufen.

Darauf achtete penibel ihr Chef Phil, ein bärtiger Mittdreißiger mit Flanellhemd und Cap, der sich selbst als gechillten, aber innovativen Geschäftsmann verstand. Doch leider war Phil, wie Solana fand, alles andere als gechillt und konnte einem sogar voll auf den Sack gehen, vor allem, wenn viel los war. So wie an jenem Samstag, an dem sie Ana, Fanta, Ninja und Patricia kennengelernt hatte, viel los war.

Solana hatte eine Bestellung über fünf Milchkaffee, davon zwei mit Sojamilch, zwei veganen Donuts, eine Gemüse-Quiche, ein Putenbrust-Sandwich und einen Humus-Bagel aufgenommen und war jetzt am Kaffeeautomaten zugange, als Phil plötzlich hinter ihr aufzuckte.

»Du, sag mal, der Tisch drei ist ja weg!«

Solana guckte rüber zu Tisch drei. Der Tisch war da, doch die Leute, die da eben noch gesessen hatten, waren tatsächlich weg.

»Hast du die abkassiert?«

»Nein, ich war gerade … die sind weg? Fuck, die sind echt weg«, seufzte Solana.

»Ja, die sind echt weg«, bestätigte Phil in einem Ton, der zwar gechillt wirken, zumindest seiner Vorstellung nach, gleichzeitig aber auch eine gewisse Unzufriedenheit signalisieren sollte.

»Die von Tisch drei sind echt weg. Und du hast die nicht abkassiert. Weißt du, was das ist? Scheiße ist das. Richtige Scheiße ist das«, fügte er hinzu und schaute sie an wie ein Lehrer, der seiner Schülerin gerade mitteilt, dass sie wohl eher nicht versetzt wird.

»Was für Arschlöcher auch. Die sind einfach gegangen. Das kann doch nicht wahr sein«, entgegnete Solana, die versuchte, seinem gechillt strengen Blick auszuweichen, da sie aggressiv wurde, wenn Phil sie so gechillt streng anguckte.

Doch Phil bohrte sogar nach mit seinen glasigen Knopfaugen, die ihm ein bisschen was von einem belämmerten Teddybären verliehen.

»Weißt du, ich schmeiß hier den Laden, ich mach die Buchhaltung, ich muss gucken, dass die Getränkelieferungen … Ich kann mich nicht auch noch darum kümmern, dass die Leute hier bezahlen. Da hast du den Verantwortungshut auf und da erwarte ich schon von dir, dass du das auch auf die Reihe bekommst«, sagte Phil, den Blick immer noch auf sie geheftet, jetzt schon deutlich strenger und weniger gechillt, woraufhin Solana einmal tief Luft holen musste.

Ganz tief Luft holte sie. Weil sie den Job natürlich brauchte, denn ohne Job war man in der Stadt ja verloren. Zwar sollte sie sich in der nächsten Woche endlich mit dem Produzenten treffen, der ihre Demos eindrucksvoll, vor allem aber ihre Stimme sensationell fand, aber das hieß natürlich nicht, dass sie damit auch Geld verdienen würde. Also brauchte sie diesen Job. Was sie auch daran hinderte, Phil den nächsten Kaffee in seine gechillt knopfaugige Visage zu schütten, wie sie es eigentlich so gerne machen wollte.

»Ich hab … ich war hier gerade … ich meine, der Laden ist voll, und ich hab hier …«, versuchte Solana sich zu rechtfertigen, während sie überlegte, warum sie sich eigentlich rechtfertigen musste, denn der Laden war tatsächlich rappelvoll, sie war alleine an der Theke, und wenn diese Arschgeigenschnösel es für nötig hielten, die Zeche zu prellen, während man ihnen mal für drei Sekunden den Rücken zuwandte, dann konnte Williamsburg ihr gehörig den Buckel runterrutschen.

»Ich hab, ich hab«, äffte Phil sie noch nach. »Ich sehe nicht, dass du was hast. Ich sehe nur, dass Tisch drei weg ist, und zwar ohne zu bezahlen«, wiederholte er, die Hände in die Seiten gestemmt, offenbar angepisst, da Solana auch noch Widerworte gab. Sie hätte sich ja einfach in ihr Schicksal fügen können. Sich entschuldigen, und gut wäre gewesen. War es aber nicht. Weil Phil mit seinen in die Seiten gestemmten Händen nicht nur noch belämmerter aussah, sondern offenbar wirklich dachte, er könne Solana vor versammelter Kundschaft die Leviten lesen. Mittlerweile hatten einige der umliegenden Tische sogar ihre Gespräche unterbrochen und starrten gebannt zu ihnen rüber.

»Du brauchst mich nicht so nachzuäffen und dich hier aufzuführen wie ein Scheißlehrer. Der Scheißladen ist scheißvoll und ich war mit dem Scheißautomaten hier beschäftigt und ich hab keine Augen an meinem Scheißhinterkopf. Deswegen kann ich auch nichts dafür, wenn diese Scheißwichser ihren Scheißkaffee nicht bezahlen«, schimpfte Solana in jetzt doch deutlich anschwellender Lautstärke, ein bisschen über sich selbst erschrocken, woraufhin die vier Mädchen am Tisch vor ihr anfingen, lautstark zu johlen.

»Haha, geil, Baby. Gib es dem Arsch«, krakeelte die mit den Locken, woraufhin die mit den pinken Haaren nachlegte: »Lass dir bloß nichts sagen. Der soll mal selber kellnern, dann kann der auch sein Maul aufreißen.«

»Was ... sag mal, wie redest du mit mir? Und wer seid ihr eigentlich? Ihr habt hier überhaupt nichts zu melden«, stammelte Phil, ehe er sich wieder Solana zuwandte. »Was glaubst du eigentlich, wer du bist?«

»Ich hab es jedenfalls nicht nötig, mich von einem Typen wie dir zum Affen machen zu lassen. Dir haben sie wohl ins Gehirn geschissen«, schimpfte Solana und machte sich auf Richtung Küche, ihre Sachen holen, wobei sie Phil sogar ein bisschen anrempelte. Das aber eher unabsichtlich, denn Anrempelei war eigentlich nicht so ihre Art. Der war jetzt völlig perplex. Keine drei Sekunden später tauchte Solana wieder auf, ihre Tasche in der Hand, und verließ wortlos das Café, während Phil ihr entgeistert nachstarrte.

»Dumm gelaufen«, grinste die mit der Brille und fügte noch hinzu: »Hier, wir verziehen uns auch. Keine Angst, wir zahlen auch ordnungsgemäß. War eh das letzte Mal, dass wir hier waren.«

Die Mädchen warfen zwei Scheine auf den Tisch, standen auf und liefen Solana hinterher.

»Hey, warte mal«, rief die mit der Brille draußen auf der Straße zu Solana. »Was war das denn für eine geile Aktion, bitte?«

»Was ein Arsch«, schimpfte Solana, immer noch außer sich vor Wut. »Der ist ja wohl wirklich nicht mehr ganz dicht.«

»Die sind hier alle nicht mehr ganz dicht. Guck dich doch um. Die leben in ihrer kleinen Blase und denken, sie wären die fetten Checker, weil sie auf irgendeinem Blog gelesen haben, dass Williamsburg der heiße Shit ist. Aber sehen aus wie Holzfäller aus Kanada von vor dreißig Jahren mit ihren bescheuerten Trucker-Caps und benehmen sich auch so. Das Viertel ist so am Arsch, das glaubt man gar nicht«, sagte die mit der Brille und den langen braunen Haaren. »Ich bin übrigens Ana. Das sind Fanta, Ninja und Patricia.« Sie hielt ihr die Faust entgegen.

»Ich bin Solana.«

»Was ein Vollspasti, der Typ«, bestätigte die Latina mit den kurzen Haaren.

»Und was macht ihr hier, wenn das Viertel so am Arsch ist?«, fragte Solana.

»Anas Oma wohnt hier, die gehen wir einmal die Woche

besuchen«, sagte die Pinke. »Anas Oma ist so cool, ohne Scheiß.«

»Ich bin hier aufgewachsen«, nickte Ana bestätigend, »aber wir sind vor zehn Jahren weggezogen. Meine Oma wohnt aber noch hier. Die meint immer, die geht hier nicht mehr weg, eher müsse man sie raustragen. Die wohnt hier seit über vierzig Jahren.«

»Die kann echt die geilsten Geschichten erzählen. Früher war das Viertel noch ganz anders, da gab es die ganzen Idioten noch nicht. Anas Oma musste mal einen Handtaschenräuber mit dem Radio fangen, kein Witz«, sagte die, die offenbar Fanta hieß.

»Die hat einen Handtaschenräuber mit dem Radio gefangen?«, fragte Solana irritiert. »Wie das denn?«

»Die saß am Fenster und hat Radio gehört und die Leute auf der Straße beobachtet. Da kam ein Hilferuf und da lief ein Typ mit Handtasche lang, der musste unter ihrem Fenster vorbei. Die hat dem das Radio voll auf den Kopf geworfen. Die hat den voll umgeknockt. Der lag auf dem Bürgersteig und das Radio lief noch, musst du dir bildlich vorstellen. Im Radio lief *Respect* von Aretha Franklin«, grinste Fanta.

»Meine Oma erzählt schon sehr viel. Glaub, die dichtet manchmal auch ein bisschen was dazu. Muss man nicht immer alles glauben«, relativierte Ana.

»Kein Scheiß, ich glaub der das voll. Anas Oma ist voll der Umknocker. Der lag auf der Straße und neben ihm das Radio und da lief *Respect, just a little bit, just a little bit*. Als die Bullen kamen, sind die aus dem Auto raus, haben den Typen da liegen sehen, das Lied gehört ... die haben voll abgetanzt, als die den verhaftet haben«, sagte Fanta. »Ich meine, wie geil, oder? Passte natürlich voll aufs Auge. *Respect, just a little bit …*«, sang Fanta, woraufhin die anderen einstiegen. »*… just a little bit.*«

Solana zog ihre linke Augenbraue hoch. Die Mädchen schienen ja echt lustig zu sein. Sie tanzten jetzt auf der Straße, während die Williamsburger Hipster belustigt an ihnen vorbei schlenderten.

»Komm, mach mit, *just a little bit, just a little bit …*«

Solana musste grinsen.

»Wo kommst du her? Ich meine, du wohnst doch nicht hier, oder?«, fragte Ana schließlich. »Du siehst jedenfalls nicht so aus.«

»Nee, ich wohne oben in Bushwick. Am Maria Hernandez Park«, sagte Solana.

»Ich wohne in der Hart Street. Bei der großen Poststation.«

»Echt? Das ist zwei Blocks von mir«, sagte Solana.

»Dann sind wir ja Nachbarn. Ich hab dich aber noch nie gesehen. Du wärst mir aufgefallen.«

»Ich wär dir aufgefallen?«

»Klar, du bist cool. Cooler Style und so. Kein Scheiß, du bist ein cooler Typ. Lass dich ja nicht von so Holzfällern ansaugen. Der hat überhaupt keinen Style.«

»Cooler Style?« Solana guckte an sich herunter. Sie trug ihre abgewetzte Slim Fit Jeans, an den Knöcheln hochgerollt, dazu ein graues Sweatshirt mit dem Wappen der Detroit Tigers und ihre ausgelatschten Leinenschuhe. Alles in allem hatten ihre Klamotten vielleicht dreißig Dollar gekostet.

»Cooler Style«, nickten Ninja, Fanta und Patricia bestätigend.

»Und wo kommt ihr her?«, fragte Solana die anderen.

»Fanta und ich wohnen in Brownsville. Das ist echt mal abgeranzt. Patricia wohnt hier in der Nähe am Skatepark«, sagte Ninja.

»Ist aber auch megaätzend«, rechtfertigte sich Patricia.

»Und ihr heißt wirklich ... Ninja und Fanta? Ihr wollt mich doch verarschen, oder?«

»Nein, Fanta heißt echt Fanta. Ist ein westafrikanischer Name. In Westafrika heißt jede Zweite Fanta«, erklärte Ana.

»Und dabei hasse ich diese Plörre«, schwor Fanta.

Solana guckte noch verdutzter.

»Und ... Ninja ist auch ein westafrikanischer Name?«

»Nee, Ninja ist ... wegen Kampfsport und so. Ninja ist mein Spitzname. Meine Eltern kommen aus der Dominikanischen Republik.«

»Ninja kann echt gut Jiu-Jitsu. Die hätte deinem Holzfäller voll die Nase gebrochen, wenn der die so angesaugt hätte«, sagte Patricia.

»Auf jeden Fall«, bekräftigte Ninja. »Ich meine, wir können das noch nachholen. Wir boxen den zusammen, bis der seine Mami ruft.«

»Nee, lass mal, ist schon gut.«

»Hast du Bock, was zu rauchen?«, fragte Ana. »Wir wollen zur Waterfront. Fluss rauchen.«

»Den Fluss rauchen?«, fragte Solana irritiert.

Sie hatte ja gehört, dass man einen Eimer rauchen konnte. Aber einen Fluss rauchen? Wie stoned waren die denn?

»Klar, wir rauchen den ganzen scheiß East River weg«, grinste Fanta. »Komm mit.«

»*Our blunts are burned, so now it's your turn, to smoke – smoke me a river, yeah, let's smoke the river* …«, sang Patricia auf die Melodie des Justin Timberlake-Songs, und Solana musste das erste Mal, seit sie vor gut drei Wochen aus Bluefields, Nicaragua, in diesem Moloch angekommen war, so richtig laut lachen.

4

Solanas Kopf fühlt sich an, als hätte sie drei Flüsse geraucht. Sie kann die Welt anhalten wie Quicksilver von den X-Men. Wobei Quicksilver die Welt ja nicht anhält, es ist komplizierter. Er ist einfach unfassbar schnell. Solana ist alles andere als schnell gerade. Auch die Menschen um sie herum sind wie festgefroren.

In circa dreißig Sekunden wird sie die Bühne entern und das Mikro zum Mund führen, um die erste Strophe von *I started walking* zu singen.

Dreißig Sekunden sind eine ewig lange Zeit, wenn man Quicksilver ist.

Dreißig Sekunden sind eine ewig lange Zeit, wenn man schwarze Magie beherrscht.

Dreißig Sekunden sind eine ewig lange Zeit, wenn man schwarzen Afghanen geraucht hat.

Oder was auch immer dieses Teufelskraut war. Solanas Welt ist wie verhext.

»Eines Tages wird die Welt untergehen durch schwarze Magie«, hieß es in einer der Märchengeschichten, die Ur-Oma Olivia immer erzählt hatte. Demzufolge arbeiteten dämonische Kräfte daran, die Erde ins Chaos zu stürzen. Die Geschichte der Menschheit sei untrennbar verbunden mit den Geschichten der Geister und man könne nur hoffen, dass die guten Geister siegen werden.

Solana kann gerade nicht einschätzen, ob sie ein guter Geist ist. Die Magie wächst ihr über den Kopf. Sie kann Ninja sehen, sie hat Blickkontakt mit Ninja, die in der Versenkung an der Rückseite hockt, gemeinsam mit den anderen Tänzerinnen und Tänzern, und ihrer Band. Rock am Schlagzeug, Leeza an Bass und manchmal Gitarre, Mercedes und Skillz an der Elektronik, Dodge an der Percussion. Sie kann sie alle sehen, von der Treppe aus, die nach oben zur Bühne führt.

Huhu! Noch jemand Bock auf Cheetos? Sie wedelt mit der kleinen Tüte, die ihnen die Frau mit dem Pagenschnitt vorhin kommentarlos überreicht hatte, die mitbekommen haben musste, wie geil Cheetos jetzt wären.

Sie schiebt sich zwei der köstlichen crunchy Käseflips in den Mund. Solana passt auf, dass sie nicht mit der Tüte raschelt, denn das Mikro ist bereits an und wenn fünfundzwanzigtausend kreischende Menschen sie kurz vor der Show beim Chips-Mampfen hören, wäre das peinlich. Andererseits hat sie die Welt ja angehalten, von da an können die Leute sie gar nicht hören. Vermutet sie zumindest. Und selbst wenn Solana Ninja winkte, könnte die gar nicht zurückwinken.

Weil ... na, weil sie halt stehengeblieben ist wegen der ganzen Scheiß-Magie. Wie gerne würde sie Ur-Oma Olivia anrufen und fragen, ob es nicht irgendein Gegenmittel gegen die Magie gibt. Die Welt anzuhalten, ist prinzipiell eine gute Sache. Aber nicht dreißig Sekunden vor Showtime. Vor allem, wenn man nicht mehr weiß, wie die Rückverzaubeerung funktioniert.

Die Bühne ist stockdunkel, finster, man sieht die Hand vor Augen kaum. Lediglich die Handys und Kameras blitzen bedrohlich, der Bass brummt und donnert. Gleich müssten die Hi-Hats einsetzen, die zischeln wie Schlangen in einer

Grube, und dann wird sie endlich das Mikro zum Mund führen und hinein ins Blitzlichtgewitter laufen.

Der Weg ist eigentlich kinderleicht. Sie muss einfach die letzten Stufen und geradeaus. Ein Katzensprung. Easy. Absolut kein Ding. Die Katakomben hingegen nahmen kein Ende. Das war ja nicht auszuhalten. Meilenweit war sie durch die Katakomben gelatscht, mit Ana, gefühlt an die zwei Stunden waren sie unterwegs gewesen. Als würden die Katakomben durch halb Tokio führen. Sie musste an den Witz denken, den Fanta neulich erzählt hatte: »Warum haben es die Inder so weit bis zu den Toiletten? – Weil die am Ende des Ganges sind!«

Sie reicht dem Security-Typen, der an der Treppe postiert ist, vorsichtig die Tüte, zupft sich ein letztes Mal das Tuch zurecht, prüft nach, ob es auch richtig auf dem Kopf liegt.

Ihre Hand zittert ein wenig, aber das ist normal. Das tut sie immer kurz vor der Show.

Solana García López, geboren an einem 31. Oktober als Tochter von Jose García de Alvarado und Lisa López in Bluefields, Nicaragua, zupft sich ein letztes Mal ihren Blouson zurecht, den Blouson mit dem berühmten Skorpionmuster, der zeigt, um was für ein Sternzeichen es sich bei der im Blouson befindlichen Person handelt. Denn dass sie ein ziemlich skorpionhafter Skorpion sei, wurde ihr immer wieder bescheinigt. Dickköpfig sei sie, wie Ty betonte, kompromisslos, eigenwillig, jemand, der seinen Weg gehe und manchmal den Stachel dafür einsetze.

»When I started to walk«, lautet die erste Zeile von *I started walking*, dem Song, den sie in ungefähr dreißig Sekunden anfangen wird zu singen. Wenn die Magie hoffentlich auf-

gehört hat zu wirken. Der geborene Kämpfer und Jäger sei der Skorpion, jemand der sich durchsetze. Solana bedeutet wortwörtlich Sonnenseite und das hatte sich ihre Mutter natürlich schlau ausgedacht, denn *an einem Tag im Morgen wird eine neue Sonne aufgehen, die die ganze Erde erleuchten wird*, hieß es im Lied der Sandinista, und in Bluefields geht die Sonne tatsächlich morgens im Meer auf, weil Bluefields an der Ostküste Nicaraguas liegt, an der Karibikseite, der Sonnenseite. Wobei Bluefields alles andere als malerisch und an manchen Stellen sogar ziemlich verwahrlost ist. Doch dass Solana eines Tages die ganze Erde erleuchten würde, das hatte ihre Mama immer gewusst. Anders als Ur-Oma Olivia war sie davon überzeugt, dass man die Welt nur über die Musik retten könne. *Music is the healing force of the universe*, sagte sie immer. Auf die guten Geister allein dürfe man sich niemals verlassen.

Wenn Solana erzählt, dass sie von der Karibikküste kommt, denken auch viele an Voodoo und Zauberei. Da Solana an genau jenem Tag Geburtstag hat, an dem die Amerikaner ohnehin durchdrehen und sich ihrerseits als Voodoo-Zauberer oder Karibik-Piraten verkleiden, ist das Unheil manchmal vorprogrammiert. So ganz an Halloween gewöhnen konnte sie sich nie.

Ihren ersten New Yorker Halloween-Geburtstag hatte sie noch unverkleidet mit Ana, Fanta, Patricia und Ninja gefeiert. Sie saßen in Patricias riesigem Kinderzimmer und aßen die Kekse, die Ana gebacken hatte. Keine gewöhnlichen Kekse, sondern magische Kekse. Da die Kekse nicht nur saulecker, sondern ziemlich spacig waren, blieben sie einfach zu Hause, lachten sich über jeden Scheiß tot (»Alter, das Zimmer ist voll geschrumpft. Guck, wie groß mein Finger!«) und schliefen megastoned übereinander und ineinander verrenkt auf Patricias schaukelndem Wasserbett ein.

Patricias Eltern wohnten in der Bayard Street gleich neben dem graubetonierten Skatepark. Ihr Dad hatte früher selbst geskatet. Er war Leiter eines kleinen IT-Unternehmens. Eigentlich waren Patricias Eltern ziemlich cool. Aber manchmal waren Patricias Eltern auch ziemlich nervig, fand Solana. Weil sie einen immer belehren mussten, was cool war. Ständig dozierten sie darüber, was cool war. Vor allem Patricias Vater. Stundenlang konnte der übers Coolsein dozieren. Immer wenn Solana mit den anderen bei Patricia zu Besuch war, gab es Vorträge darüber, was cool war. Zum Beispiel was richtig cooler Hip-Hop war. A Tribe Called Quest war richtig cooler Hip-Hop. The Roots machten richtig coolen Hip-Hop. Dagegen dieser ganze Blingbling von heute, da ginge es gar nicht mehr um Consciousness. Reine Angeberei mit dicken Autos, Titten und Ärschen, sagte Patricias Vater dann mit einem Augenzwinkern in Solanas Richtung, als wolle er andeuten, dass es auch in ihrer Musik um Autos, Titten, Ärsche ginge. Dabei hatte Solana nicht mal einen Führerschein. Außerdem wusste sie selber, dass The Roots ziemlich coolen Hip-Hop machten. Sie war ja nicht blöd. Patricias Vater machte keinen Hehl draus, dass er ihre Musik nicht sonderlich ernst nahm, aber das war Solana egal. Dafür mochten viele andere ihre Musik.

Schon im nächsten Jahr bekam sie von ihrer Plattenfirma eine Riesen-Halloween-Geburtstagsparty geschmissen. Ihr erstes Album war eben erschienen. Solana war der Star der Stunde. Nicht nur die verkleideten Leute, ihr ganzes Leben war plötzlich ziemlich weird. Sie bekam Glückwunschnachrichten von Pharrell und Snoop. Auf der Party schauten Timbaland und Missy vorbei. Solana bekam schwitzige Hände, weil sie Missy vergötterte, aber Missy war supernett und sagte, sie fände Solanas Album superfreaky. Auch viele andere Leute, die Solana noch nie gesehen hatte, von denen sie aber gehört hatte, dass sie auf jeder Party vorbeischauten, schauten vorbei und sagten, sie fänden ihr Album superfreaky. Sie plapperten Missy einfach nach! Doch wenn Missy sagte, dass sie was superfreaky fand, dann war es auch superfreaky. Die anderen waren bloß Papageien und fanden alles superfreaky, auch wenn sie keine Ahnung hatten. Solana mochte es trotzdem, dass so viele Leute vorbeischauten, auch wenn viele davon Papageien waren, die verkleidet durcheinander plapperten.

Sie hatte sich als Michael Myers aus der Filmreihe *Halloween* verkleidet. Leider war ihr Messer nicht echt, sonst hätte sie es dem Captain Jack Sparrow, der Solana ernsthaft fragte, warum sie denn nicht als Calypso ginge – also die magische Calypso aus *Fluch der Karibik* –, eine gewisse Ähnlichkeit sei doch vorhanden und sie könne doch sicher auch Voodoo und würde ja nicht nur die Meere in Wallung bringen, in den Hals gejagt. So konnte sie ihn lediglich fragen, ob er den gleichen Hirnschaden habe wie sein Kostümvorbild und ob er sich bitte verpissen würde. Aber auf einer solchen Party verpisste man sich nicht ohne Weiteres.

Es sollte sich herausstellen, dass Jack Sparrow ein ziemlich hohes Tier in ihrer Plattenfirma war, wie Nosferatu alias David ihr unverzüglich mitteilte, den könne man nicht so einfach rausschmeißen. Solana entgegnete, warum nicht, ist meine Party und ich kann rausschmeißen wen ich will, worauf David schmunzelnd meinte: »Man merkt, dass du Skorpion bist.«

Der Jack Sparrow, der Solana bis heute nicht leiden kann, soll David später unter vier Augen gefragt haben, was das denn für eine Hexe sei und was die denn für ein Problem habe.

Tatsächlich galt Bluefields auch in so mancher Märchenerzählung ihrer Ur-Oma als geheimer Treffpunkt der Hexen. Olivia erzählte von den Erdbeben, die die Hexen seit Jahrhunderten auslösen würden. Kilometertiefe Krater seien durch diese Erdbeben entstanden, und wer da reinfiel, wurde nie wieder gesehen. Die meisten Erdbeben kämen kurz nach Halloween, sagte Olivia dann mit einem Augenzwinkern, und sah sie prüfend dabei an, als fürchtete sie, Solana würde an ihrem nächsten Geburtstag einen riesengroßen Krater herbei hexen und das halbe Land plumpste da rein.

Die Krater nannte man Sinkholes, und Solana hatte sich das gemerkt und einen Song auf ihrem zweiten Album *Sinkhole* genannt. Sie fand, das sei ein guter Titel für einen Song, der auch symbolisch ganz gut funktioniere.

Fanta hatte gefragt, warum denn nicht Stinkhole, das sei doch symbolisch auch ganz gut. Dann hatte Fanta gefragt, ob Solana nicht mal an ihrem Stinkhole riechen wolle, und Solana hatte als Antwort natürlich nicht an Fantas Stinkhole gerochen, sondern ihr voll in den Arsch getreten.

Schließlich war Ur-Oma Olivia gestorben, ganz ohne schwarze Magie.

Jose García de Alvarado könnte seinerseits etwas weiße Magie gebrauchen, denn er hat Darmkrebs und liegt in einem New Yorker Krankenhaus. Solana hatte ihrem Vater einen Platz in einer der besten Kliniken des Landes bei einem der besten Krebsspezialisten der Welt besorgen können, aber mehr als beten und hoffen kann man jetzt nicht mehr. Sie hatte vorhin mit ihm telefoniert. Er versprach, weder die schwarze Magie noch der schwarze Tod würden ihn jemals kriegen. Er werde sie noch alle überleben. Solana sagte, natürlich wirst du uns alle überleben, du dumme Nuss, und gab ihm einen Kuss. Die Hi-Hats fangen an zu zischeln. Sie muss die Magie jetzt schleunigst wieder auf die Musik lenken. »*When I started to walk*« lautet die erste Zeile des Openers. Das Geschrei ist jetzt unendlich laut. Solana atmet noch einmal tief durch und fängt an zu laufen.

5

@elonmusk: Ich bin Schizo!

Solana haut den Tweet raus und lacht.

David guckt sie an, als sei sie geisteskrank. Das macht er gerne.

Wer ist Schizo?, hatte Elon Musk vor zwei Minuten getweetet.

»Würde es dir was ausmachen, das Handy wegzulegen?«

»Sorry, musste kurz was klären«, grinst sie.

David fläzt sich in seinem ledernen Bürostuhl, die Hände gebetsartig zusammengefaltet. Er erklärt ihr mal wieder, wie die Dinge laufen da draußen in der Welt. An seiner Bürowand hängen mehrere Goldene und Platin-Schallplatten, von denen alleine vier auf Solanas Konto gehen, soweit sie das auf die Schnelle überblicken kann. Sie war länger nicht mehr in Davids Büro gewesen.

Ihr letzter Besuch in Los Angeles ist mindestens drei Monate her. Damals hatten sie die letzten Modalitäten zu *Multiverse* geklärt. Ihr fünftes Album für David. Oder vielmehr für die Plattenfirma, deren CEO und oberster A&R David in Personalunion ist. Er segnet alle wesentlichen Entscheidungen persönlich ab.

Multiverse sei ein Album, das man sich nur erlauben könne, wenn man einen Status wie Solana habe, hatte David immer gesagt. Es sei kein Album, das zehn Singles abwerfe, wie noch bei den Vorgängern. Musikalisch, inhaltlich, visuell großartig, überhaupt keine Frage! Aber nichts für die Radiostationen. Dafür sei es einfach zu vertrackt.

»Wir haben die Zahlen, und die Zahlen sprechen für sich. Die Zahlen sind nicht gut, Solana. Die Radiostationen brauchen Singles.«

»Die Radiostationen gehen mir am Arsch vorbei«, entgegnet Solana. »Kein normaler Mensch hört doch mehr Radio. *Multiverse* ist ein Album, das man als Ganzes durchhören soll. Wie ein Mixtape. Scheiß doch aufs Radio.«

»Ich kann aber nicht aufs Radio scheißen. Das kann ich mir nicht erlauben. Und das mit diesem Schizo müssen wir auch endlich klären. Du kannst nicht irgendeinen Typen in London aufgabeln und uns vor vollendete Tatsachen stellen. Du bist seit zehn Jahren im Business. Du weißt, wie die Dinge laufen. Du kannst nicht immer deinen Kopf durchsetzen, wie es dir passt. Wenn du schon in Eigenregie mit jemandem arbeitest, dann hätten wir das vernünftig regeln müssen. Das heißt aber, dass sich unsere Rechtsabteilung zumindest einmal mit dem auseinandersetzen muss. *Multiverse* ist seit einem Monat draußen und keiner von uns hat diesen Schizo je gesehen. Das geht so einfach nicht«, sagt David.

»Keine Ahnung, der trifft sich halt nicht so gerne. Also zumindest nicht mit so Leuten wie ...«, antwortet Solana zögerlich, weil sie David nicht auf den Schlips treten will. Denn im Grunde ist David ein netter Kerl. Aber es gibt eben Dinge, aus denen David sich Solanas Meinung nach besser raushalten sollte. Wie zum Beispiel ihr Album. Denn in einem Punkt hat David recht. Solana will ihren Kopf durchsetzen. Goldene- und Platin-Schallplatten hat David genug, wie man sehen kann, und *Multiverse* wird ihn jetzt auch nicht gerade ruinieren. In den Charts ist es bereits, wenn auch nicht auf der Eins. Doch was für Solana viel wichtiger ist: Es hat großartige Kritiken bekommen.

Einen »Meilenstein« nannte es der Guardian. »Gewagt, aber großartig«, schrieb der New Yorker. 9.0 Punkte bei Pitchfork. Euphorische Rezensionen in so ziemlich allen wichtigen Zeitungen, Magazinen und Blogs dieser Welt. Wen interessiert da noch das bescheuerte Radio?

»... ›wie mir‹, wolltest du sagen?«, fragt David, und zeigt dabei auf sich, guckt an sich herunter, als suche er einen Fleck auf seinem weißen Hemd mit den hochgerollten Ärmeln. Als hätte er sich bekleckert.

»Nein, so meine ich das gar nicht. Der ist halt ein bisschen speziell. Der will mehr so mit seinen Leuten abhängen. Plattenfirmen, Rechtsabteilung ... so was interessiert den nicht.«

»Wir wollen dem einen guten Batzen Geld da in sein Kellerloch werfen und den interessiert das nicht? Das ist nicht dein Ernst«, sagt David.

»Der hat halt Dinge, die ihm wichtiger sind als Geld«, versucht Solana zu erklären.

»Aber man braucht Geld. Jeder braucht Geld. Ohne Geld kommt kein Mensch über die Runden. Du willst mir doch nicht erzählen, dass der *Multiverse* umsonst produziert hat. Ganz ohne Geld.«

»Doch. Ich glaube, der hat *Multiverse* umsonst produziert. Einfach so.«

»Kein Mensch arbeitet umsonst. Ich hab fast schon das Gefühl, du willst Schizo vor mir verstecken. Du kannst dich nicht mit irgendwelchen Internetpiraten einlassen, ohne dass ... ich meine, ohne dass da irgendwas geklärt wird. Mag ja sein, dass der ein musikalisches Genie ist oder was auch immer. Aber du warst zwei Wochen alleine mit dem im Studio und niemand von uns hat den je gesehen. Der Typ könnte ein Geisteskranker sein. Der hätte dich nach was weiß ich wohin verschleppen können.«

»Klar hätte der mich verschleppt«, sagt Solana mit spöttischem Blick. »Ins tiefste Piratenland hätte der mich verschleppt.«

»Das ist nicht witzig, Solana. So eine Arbeitsweise ist einfach unprofessionell. Ich meine, allein der Name schon. Schizo. Tut mir leid, aber für mich klingt das wie ein Geisteskranker. Jeder könnte Schizo sein. Du könntest Schizo sein. Vielleicht bist du ja sogar Schizo, wer weiß, so wie du redest. Was du da erzählst, klingt jedenfalls ziemlich schizophren.«

David faltet die Hände wieder in seinem Schoß zusammen und bemüht sich, einen sanften Blick aufzusetzen. Als sei er ihr Vater, der seiner Tochter erklären muss, dass man keine Cheetos von fremden Männern annehmen dürfe.

»Klar bin ich Schizo«, grinst Solana und kramt ihr Handy wieder aus der Tasche. Sie zeigt ihm den Tweet, den sie gerade abgesetzt hat. »Hier hast du es schwarz auf weiß.«

»Solana, das ist nicht witzig.«

Dabei ist das Geheimnis um Schizo tatsächlich eines der witzigsten Geheimnisse der Musikgeschichte. Weil wirklich niemand weiß, wer Schizo ist. Außer Solana, denn die hat ihn ja gesehen. Doch sonst hat Schizo niemand gesehen. Zumindest nicht öffentlich. Es gibt nur seine Musik, und die gibt es umsonst im Internet. Keine Auftritte, keine Fotos, kein gar nichts.

Schizos erstes Mixtape *Stealism* hatte jeden, der es gehört hatte, sprachlos zurückgelassen. *Stealism* war eine völlig neue Mischung aus Grime, Garage, Reggaeton, Trap und R&B, gewürzt mit animalischen, vollkommen verrückten Geräuschen. Musik, die klang, als sei sie in einem Dschungel entstanden, einem Dschungel voller obskurer Geschöpfe, die mit halluzinogenen Pilzen gefüttert worden waren. Zikadenartiges Fiepen, verwaschene, geisterhafte Beats, anarchische Rhythmen, die von einer Welt kündeten, in der völlig neue Arten die Macht übernommen hatten – kurzum: eine wahnwitzige Symbiose aus nie gehörten Klängen und dem perfekten Groove.

Ninja hatte *Stealism* als Erste entdeckt, als das Mixtape gerade erschienen war. Sie hatte es den anderen gleich vorspielen müssen. Die Mädchen waren ausgeflippt und hatten monatelang nichts anderes mehr gehört. Seitdem veröffentlichte Schizo in regelmäßigen Abständen Mixtapes im Internet.

Doch nach wie vor kein Gesicht. Es gibt Festivals, die Schizo sechsstellige Gagen zahlen würden, wenn er sich wenigstens einmal auf eine Bühne stellen und auch nur kurz ins Mikro furzen würde, aber keine Chance.

Schizo ist nicht existent, zumindest nicht im sichtbaren Showbusiness da draußen. Da hat David schon recht. Typen wie David, die noch die goldene Ära der Musikindustrie erlebt hatten, können so etwas natürlich nicht verstehen. Für die ist Schizo ein Wahnsinniger.

Doch Solana hatte sich in den Kopf gesetzt, unbedingt mit Schizo zu arbeiten. Sie hatte eine Vision, wie *Multiverse* klingen sollte. Es sollte das Album werden, das den R&B neu erfand, wie er zuletzt Ende der Neunziger von Timbaland und den Neptunes neu erfunden worden war – und Schizo war derjenige, der die nötigen Sounds fabrizieren konnte. Ein musikalisches Multiversum, jeder Song ein kleiner Urknall.

Ana hatte mal behauptet, dass wir in einem Multiversum lebten, mit einer Vielzahl von Universen. Als der Malaysia Airlines Flug MH 370 über dem südchinesischen Meer vom Radar auf Nimmerwiedersehen verschwunden war, meinte Ana rauchenderweise, das Flugzeug sei vielleicht gar nicht abgestürzt, sondern einfach in einer anderen Dimension verschwunden, fernab der menschlichen Wahrnehmung. Wobei die Dimensionen auch gar keine räumlich getrennten Welten, sondern einfach verschiedene Zustände im gleichen Raum sein könnten.

»Du musst dir das so vorstellen: In der einen Welt ist die Katze tot, in der anderen lebendig!«

Solana verstand kein Wort.

»Wie dicht bist du denn? Welche Katze?«

»Die Katze ist nur symbolisch. Die Katze kann im Prinzip jedes Lebewesen sein. Die Katze könntest theoretisch auch du sein.«

Und Solana meinte: »Klar Alter, lass mich auch noch mal ziehen.«

Ehe sie tweetete: *Ich bin die Katze!*

Woraufhin Elon Musk antwortete: *@Solana: Miez Miez.*

Aber auch wenn das mit der Katze ziemlich stoned klang und sie auch irgendwie das Gefühl nicht loswurde, dass Elon Musk sie auf plumpe Weise anbaggern wollte, fand Solana, dass *Multiverse* ein ziemlich cooler Name war für das neue

Album. Und Schizo wäre in jedem Fall der richtige Produzent.

Mit Schizo in Kontakt zu kommen, war aber gar nicht so leicht. Sie versuchte es über ihr Management. Fehlanzeige. Schließlich sogar persönlich über die Soundcloud-Seite. Doch nichts passierte. Sie schrieb ihm wieder und wieder. Erklärte haargenau, was sie vorhabe und dass Schizo unumgänglich sei für ihr Vorhaben.

Doch Schizo wollte sich einfach nicht melden. Arroganter Affe, fluchte Solana, aber natürlich nur ganz leise, vor sich hin und nicht so wirklich ernst gemeint, denn irgendwie fand sie die Chose auch ziemlich cool. Eigentlich war sie es gewohnt, dass sie hofiert wurde, dass man ihr die Wünsche von den Lippen ablas, dass man um sie warb. Ein Wort von ihr zu David, und der hätte Schizo Schläger auf den Hals geschickt. Doch David ist zwar ein guter Geschäftsmann, aber er hat keine Ahnung von guter Musik. Wie die meisten Leute im Musikbusiness.

Ana meinte, man solle es vergessen.

»Der Typ lebt in seinem eigenen Universum. Weißt du, wer alles mit dem arbeiten will? Wer den schon alles angefragt hat? Der ist seine eigene Marke. Der findet das geil, dass den alle anhimmeln und der alle abblitzen lassen kann. Wahrscheinlich ist das so ein pickeliger Spinner, der auch kein Bankkonto hat und mit niemandem kommuniziert, weil er denkt, dass ihn die NSA abhört. Ich meine, der macht geile Musik, aber der existiert nur virtuell. Der Typ ist ein Geist. Vergiss den.« Doch Solana vergaß Schizo nicht. Sie schrieb weiter und weiter. Nachricht für Nachricht. Schrieb und schrieb und wartete. Nach mehr als drei Wochen, als sie fast schon resignierte und sich wohl oder übel mit dem Gedanken anfreunden musste, *Multiverse* einem anderen Produzenten anzuvertrauen, kam endlich eine Nachricht von einer gewissen Mary Prankster.

Ok, Schizo will dich treffen.
Miete das Moon Studio in Brixton, London SW2.
Zeitraum 11.-23. Juni.
Hier die Bedingungen:
Keine Öffentlichkeit.
Keine Plattenfirmenleute.
Kein Management.
Keine Journalisten.
Nur du und Schizo.
Schizo produziert die Songs und an den Mixen wird nichts mehr geändert.
Einverstanden?

Und Solana antwortete ohne zu zögern und ohne Zusätze.

Einverstanden!

Sie veranlasste, dass das Studio gemietet wurde, machte sich auf nach London und sorgte dafür, dass ihre Mitarbeiter das Gebäude in einem Radius von 100 Metern mieden. Selbst Ana durfte Schizo nicht sehen. Fanta und Ninja kamen gar nicht erst mit nach England.

Ana war natürlich enttäuscht, dass sie Schizo nicht zu sehen bekam. Dabei war die ganze Aufregung völlig unnötig. Die ganze Geheimniskrämerei ...

Schizo war einfach nur ein ganz normaler Typ. Weder pickelig, noch in sonst irgendeiner Weise auffällig. Er war vollkommen alterslos. Er sah aus wie jemand, der längere Zeit im Keller verbracht hatte. Solana konnte absolut nicht einschätzen, ob er fünfzehn oder fünfunddreißig war. Obendrein war Schizo ziemlich schüchtern und redete kaum. Er hörte sich kurz durch die Demos, ohne groß zu kommentieren. Ab und an nickte er. Einmal musste er sogar schmunzeln, beim Refrain von *Eating Good*, als er checkte, dass es in dem Song nicht um gutes Essen ging. Dann ging es an die Arbeit.

Sie arbeiteten die ganzen Tage durch. Schizo machte kaum Pausen. Er konnte tatsächlich im Sekundentakt Beats basteln. So schnell konnte Solana gar nicht gucken, wie das neue Songgerüst fertig war und alles perfekt klang, stolpernd, immer ein bisschen neben der Spur. Aber für sie eben perfekt. Musik wie aus einem anderen Universum. Ab und an machte er präzise Anmerkungen. Hier ein bisschen prononcierter, da nicht so pathetisch, bitte. Alles in allem war die Arbeit aber ebenso unkompliziert wie unspektakulär. Sie arbeiteten jeden Tag von morgens zehn bis kurz vor Mitternacht. Nachmittags gingen sie kurz was essen.

Das Tolle an Brixton: Gleich um die Ecke gab es ein echtes karibisches Restaurant! Sie bekam das beste Curry-Huhn mit Reis und Bohnen außerhalb Bluefields, es gab gesalzenen Stockfisch mit Akipflaumen und als Nachtisch gebratene Bananen. Der Restaurantbetreiber hatte keine Haare mehr und eine riesig große Zahnlücke. Sie sprach Spanisch mit ihm. Er kam aus Puerto Rico und wusste überhaupt nicht, mit wem er es zu tun hatte. Solana behauptete, sie sei als Austauschstudentin in London, und der Mann nickte und fragte, wer denn der Typ sei, und Solana meinte, den habe sie vorhin auf der Straße aufgegabelt und der sei jetzt ihr Teilzeitfreund. Der Mann musste laut loslachen, schlug Schizo glucksend auf die Schulter und nannte ihn Don Juan de Inglaterra, was Schizo verlegen grinsen ließ. Er hatte keine Ahnung, worüber die beiden redeten.

Nach Feierabend teilten sie sich noch einen Joint, ehe Schizo sich die Kapuze über den Kopf zog und Richtung Underground stapfte.

Solana zog sich ihrerseits die Kapuze über den Kopf und ging mit Ana noch eine kleine Runde an der Themse spazieren, ehe sie völlig erschöpft ins Bett fiel. Am nächsten Tag wieder das Gleiche. Persönliches erfuhr man von Schizo kaum, aber das war Solana egal. Jeden Tag trug er die gleichen ausgelatschten Turnschuhe und seine weite ausgebleichte Jeans. Keine Markenklamotten, kein Nichts.

Nach zwölf Tagen hatte Solana ein fertiges Album in der Tasche, das besser klang als alle ihre Alben zuvor. Es klang nicht nur besser, es war eine Sensation. Sie hatten sogar noch Zeit, zwei vollkommen neue Songs aufzunehmen, die sie als Bonus-Tracks veröffentlichen wollte.

Sie konnte es kaum abwarten, den anderen das Ergebnis vorzuspielen. Schon auf dem Rückflug tanzte sie mit Ana zu den fertigen Mixen durch den Flieger. Ana flippte ebenfalls aus, und wenn Ana ausflippte, war das ein gutes Zeichen, denn Ana war der schlaueste Mensch auf der Welt und hatte mehr Ahnung von Musik als alle Davids und Steves, die es in der Musikindustrie gab, zusammengerechnet.

Abgesehen davon, dass sie den Coup schlechthin gelandet hatte, also die erste Künstlerin zu sein, die nicht nur mit

Schizo arbeiten durfte, sondern gleich ein ganzes Album von ihm auf den Leib geschneidert bekam, war *Multiverse* genau das, wofür sie über zehn Jahre lang hart gearbeitet hatte. Ein musikalisches Meisterwerk, das ihr nicht mehr nur kreischende Fans, sondern die totale künstlerische Freiheit brachte. Denn dass sie David ein solches Album nicht ein zweites Mal vorlegen konnte, war klar. Es war ihr aber völlig egal. Sie hatte einen Vertrag über sieben Alben, und je schneller sie da rauskam, desto besser. Eine große Plattenfirma brauchte im Internetzeitalter kein Mensch mehr. Als sie mit neunzehn nach New York gezogen war, war das noch anders gewesen. Eine große Plattenfirma schien damals die einzige Möglichkeit, Geld mit der Musik zu verdienen. Das erste Album brachte immerhin einen kleinen Vorschuss, von dem sie die Hälfte an ihre Eltern transferierte. Die anschließende Tournee brachte das Geld dann sogar richtig rein, und spätestens mit dem Nachfolger, der ein Jahr später erschien, war klar, dass weder sie noch ihre Eltern in den nächsten Jahren Geldsorgen haben würden.

Jetzt, mit achtundzwanzig, hatte sie ausgesorgt. Sollte Solana beschließen, mit einer Horde Schimpansen in Steppschuhen den Madison Square Garden zu bespielen, dann würde ihr auch das niemand ausreden können und der Madison Square Garden wäre Monate vorher ausverkauft. Und sollte David ihr eines Tages kündigen, da ihm ihre Kapriolen auf den Keks gingen, dann wäre das so ziemlich die egalste Sache der Welt. Sie hat den Spieß längst umgedreht. Nicht sie braucht David, sondern David braucht sie. Das würde sie David so natürlich nicht sagen. Und dass er sich um sie sorgt, ist ja auch ganz süß. Nur hat er keine Ahnung mehr, wie die Dinge laufen da draußen. Da kann er ihr noch so viel erklären. Der Mann verkauft immer noch CDs und hält Radiostationen für überlebenswichtig. David ist zwar im gleichen Raum, aber in einem völlig anderen Zustand. Seine Katze ist definitiv tot.

»Ich meine es doch nur gut mit dir, und auch mit deinem Schizo«, sagt David. »Aber wir müssen zusammenarbeiten, und das heißt Hand in Hand. Da kann nicht die eine Hand machen, was sie will. Ich gebe dir schon maximale Freiheit. Mehr Freiheit hat keiner unserer Künstler. Aber dafür erwarte ich ein bisschen Entgegenkommen.«

»Aber ich komm dir doch entgegen. Ich bin doch hier. Entführt hat er mich auch nicht. Was willst du denn mehr?«

»Gib mir wenigstens einen Kontakt, den ich weiterleiten kann. Dann haben wir unsere Pflicht getan.«

»Gut, dann gebe dir einen Kontakt. Wenn du unbedingt drauf bestehst«, sagt Solana. Sie kramt ihr Handy aus der Tasche, öffnet die Soundcloud-App, checkt die URL und notiert sie für David leserlich in Blockbuchstaben auf einem kleinen Zettel:

Soundcloud.com/i-am-schizo

»Hier, schreibt dem einfach eine Nachricht. Ich muss los. Mach es gut, David.«

Sie wirft David einen kleinen Handkuss zu, packt ihre Sachen und verlässt das Büro. Auf dem Flur läuft sie seiner neuen Praktikantin in die Arme, die vor Schreck fast ihre Kaffeetasse verschüttet.

»Oh Mist, sorry, hab nicht aufgepasst.«

»Macht überhaupt nichts, nichts passiert«, lächelt Solana.

»Sag ... ich meine ...«

»Ja?«

»Kannst du vielleicht ... für meine Cousine kurz was schreiben? Die liegt im Krankenhaus, die hat sich die Schulter gebrochen, beim Skaten, und die ist Riesenfan. Warte, ich hab hier nämlich eine Karte.«

Sie huscht nervös zu ihrem Schreibtisch, öffnet die Schublade und kramt eine der Autogrammkarten hervor.

»Klar«, sagt Solana. »Wie heißt denn deine Cousine?«

»Josephine.«

»Cooler Name.«

Sie nimmt die Karte und schreibt

Hey Josephine,
lass den Kopf nicht hängen,
alles renkt sich wieder ein!
Kisses für die coolste Skaterin der Welt
Schizo

Shit ... Solana muss voll lachen. Wie schizo ist das denn bitte?

»Was ist los?«, fragt die Praktikantin irritiert.

»Nichts, gar nichts. Ich meine ... äh ... hast du vielleicht noch eine Karte?«

6

Der Vorfall ereignete sich in den Abendstunden des 8. August 1978. Es war das Fest des Santo Domingo und als ihn der Blitz traf, hockte Jose García de Alvarado gemeinsam mit seinem besten Freund und Kameraden Baltasar Herrero, wie alle anderen auch, auf dem Holzboden des konspirativen Bücherladens und lauschte den Psalmen Ernesto Cardenals. Man hatte die Feierlichkeiten extra für die Lesung unterbrochen und horchte dem Comandante, der mit gelockertem Hemdkragen die Verse des Priesters deklamierte, der selbst noch im costa-ricanischen Exil weilte. Baltasar bekam die Bedeutung des Ereignisses am eigenen Leib zu spüren, denn Jose García de Alvarado schlug seinem Freund mit voller Kraft gegen den Oberschenkel, was Baltasar schmerzerfüllt aufschreien ließ. Woraufhin alle Blicke im Raum auf ihn gerichtet waren, auch der des Comandante, der nicht gerade erfreut, sondern vielmehr erzürnt über die Störung mit der rechten Hand einen Schirm über der Stirn formte, um sehen zu können, welcher Quälgeist ihm da gerade auf die Nerven ging. Sie alle starrten jetzt in Baltasars Richtung, der sich peinlich berührt räusperte und entschuldigte, nur Jose García de Alvarado starrte nicht in Baltasars Richtung.

Er starrte zum Eingang des Buchladens. Denn ihn hatte der Blitz getroffen, und der Blitz blickte sich unsicher um, im Glauben, die Unterbrechung der Lesung sei seiner Verspätung geschuldet, denn er war eben erst zur Tür reingeblitzt und hörte auf den Namen Lisa López, was Jose García de Alvarado zu dem Zeitpunkt natürlich noch nicht wissen konnte.

»Bist du ein dummer Esel?«, zischte Baltasar ihn wütend an.

Doch Jose García de Alvarado hatte keine passende Antwort auf die Frage parat, ob Esel-ja oder Esel-nein, er hätte es in dem Moment überhaupt nicht mehr sagen können, er war sprachlos. Mit offenem Mund starrte er Lisa López an, die im Türrahmen stand und sich nach einem Sitzplatz auf dem Boden umschaute. Sie war hochgewachsen und brauchte Platz für ihre Beine, weswegen sie nach kurzer Inspektion der Lage beschloss, den Rest der Lesung im Stehen zu verfolgen. Der Boden war voller junger Menschen in grünen Uniformen, eng beisammen, einige mit rotschwarzem Tuch um den Hals. Sie konnte nicht viel älter als sechzehn oder siebzehn sein, schätzte Jose, der selbst noch nicht die Volljährigkeit erreicht hatte, sich aber sicher war, sie seien bald vereint bis an ihr Lebensende, denn eins war klar: Er brauchte nichts mehr als sie.

Der Tod ist nur ein leichter Schmerz, der vorübergeht, hatte ihnen der Comandante vor ein paar Tagen erklärt, in Anlehnung an Sandino, den Namensgeber der Bewegung. Doch ist er nichts im Vergleich zur Liebe, ein großer Schmerz, der nie vorüberginge, würde er das Mädchen im Türrahmen nicht augenblicklich und für immer, war Jose sich gewiss, der den Gedanken nicht mal mehr zu Ende führen konnte, weil er gerade ziemlich eselsmäßig drauf war. Auch Baltasar bemerkte nun, wie Jose, den Mund offen wie ein Scheunentor, das Mädchen anstarrte. Während der Comandante also weiter las und die jungen Sandinisten sich wieder der poetischen Revolution widmeten, merkte Baltasar, dass sein Freund sich soeben unsterblich verliebt hatte.

Abgemagert sah er aus, wie sie alle abgemagert aussahen, weil sie sich seit Wochen von nicht viel mehr als sowjetischem Kartoffeleintopf aus Dosen und Büchsensardinen ernährten. Aber die tägliche Armut und Gefahr wäre fortan nicht mehr nur dem Ziel gewidmet, den fetten Somoza aus seinem Palast zu vertreiben, sondern ebenso ihr Herz zu erobern. Eine neue Art des Zusammenlebens war es, die der Comandante forderte, in den Worten des Priesters, und eine neue Art des Zusammenlebens forderte auch Jose García de Alvarado – er wollte mit Lisa López zusammenleben.

»Ich muss mit ihr sprechen«, wandte Jose sich an seinen Freund. »Auf der Stelle. Sonst sollen mich die Kugeln der Garde treffen wie der Blitz.«

»Bist du ein dummer Esel?«, wiederholte Baltasar flüsternd. »Du kannst jetzt nicht mit ihr sprechen. Du kannst gleich mit ihr sprechen. Aber nicht jetzt. Warte, bis die Lesung vorüber ist.«

Jose blieb widerwillig auf dem Boden hocken, doch die Worte des Comandante gingen hier rein und da raus. Der Comandante redete von dem neuen Menschen und dem neuen Land, das es zu schaffen gelte, und von der Abschaffung der Tyrannei. Alles Dinge, die Jose selbstverständlich befürwortete und für die er auch bereit war, bis zum letzten Blutstropfen zu kämpfen. Was er aber auch befürwortete, war die Liebe, denn in seinen Lenden kitzelte es gewaltig. Er war mit seinen bald achtzehn Jahren noch jungfräulich wie ein katholischer Priester.

Nach der Lesung erhoben sich die jungen Sandinisten und

sangen die Lieder von Carlos Mejia Godoy und feierten das Fest des Santo Domingo zumindest ein bisschen, denn in diesen Zeiten und an diesen Orten war es nicht ungefährlich, die Feste allzu laut zu feiern. Die Nationalgarde war zwar zurückgeschlagen worden und hatte viele Verluste zu beklagen, doch ihre Ohren und Augen hatte sie nach wie vor überall. Ein klein wenig durfte man aber feiern, vor allem nach den jüngsten Erfolgen, verkündete der Comandante zur Freude aller, und so wurde Rum gereicht und Jose García de Alvarado rauchte seine erste Zigarette, wobei er nach jedem Zug mindestens zwei Minuten lang hustete, sich Mut anrauchend, das Mädchen dabei nicht aus den Augen lassend. Die unterhielt sich am anderen Ende des Raumes wild gestikulierend mit zwei gleichfalls jungen Mädchen, die sie offenbar gut kannte. Nicht ein einziges Mal schaute sie in seine Richtung, das war ja nicht auszuhalten!

»Nicht einmal schaut sie in meine Richtung, das ist ja nicht auszuhalten«, sagte Jose zu Baltasar. »Wie soll ich denn mit ihr sprechen, wenn sie nicht in meine Richtung schaut?«

»Du musst schon zu ihr hingehen, sonst kannst du nicht mit ihr sprechen.«

»Aber wie soll ich denn zu ihr hingehen, wenn sie doch dort vorne ist?«, fragte Jose etwas ängstlich. Denn Ängstlichkeit war seine Sache eigentlich nicht. Er hatte mit den Somozisten gekämpft, war vor den Bombardierungen geflohen und hatte so manchen Feind zurückgeschlagen.

Von draußen hörte man ein Donnergrollen. Die ersten Tropfen fielen. Das Unwetter hatte sich den ganzen Abend schon zusammengebraut, doch das durfte Jose nicht abschrecken.

Niemals würde er sich fürchten, selbst wenn sich die Jungs im Nachtlager die Horrorgeschichten erzählten, über die Überfälle der Nationalgarde, die Folterungen, Verstümmelungen und Verbrennungen, da hielt er sich nicht die Ohren zu wie manch anderer der jungen Kämpfer, sondern stellte tapfer und mit fester Stimme klar:

»Eines Tages werden sie den Preis dafür zahlen.«

Doch nun fürchtete er sich vor einem Mädchen mehr als vor El Chiguin, dem Hund, weshalb sich sein Freund auch köstlich amüsierte.

»Sei nicht so ängstlich wie ein Baby«, spottete Baltasar. »Ich habe schon eine Idee, wie du mit ihr in Berührung kommst. Du nimmst jetzt noch einen großen Schluck Rum und dann wirst du deine Hand mit schwarzer Farbe anmalen, und dann gehst du zu ihr hin und sagst: ›Bei Santo Domingo, ich gebe dir den heiligen Pinselstrich ...‹ Und dann fährst du ihr mit der Hand ganz sanft wie ein Priester über die Wange, segnest sie und sie trägt fortan deinen Pinselstrich«, sagte Baltasar Herrero. »Dann wird sie auch mit dir reden.«

Baltasar hatte fix das kleine Fässchen mit der dunklen Farbe parat, tunkte Joses Hand hinein und befahl: »Nun auf. Pinsele sie.«

Und Jose García de Alvarado, vom Vorwurf des Babyseins tief gekränkt, nickte entschlossen, blickte kämpferisch auf seine vor schwarzer Farbe triefende rechte Hand, nahm mit der linken noch einen kräftigen Schluck aus der Rumflasche und machte sich torkelnden Schrittes auf zur Dreiergruppe, die weiterhin angeregt in ihr Gespräch verwickelt war.

»Entschuldige, wenn ich kurz unterbreche, aber beim heiligen Pinsel, ich fahre dir jetzt mit der Hand über die

Wang…«, lallte Jose, woraufhin Lisa López ihn zunächst entgeistert anstarrte, dann aber, da sie die Gefahr der sich nähernden schwarzen Hand rechtzeitig erkannte, zur Seite wich und ihm eine saftige Maulschelle verpasste, die ihn schneller auf den Holzboden streckte, als er »Wange« aussprechen konnte.

»Bist du ein dummer Hund, oder was?«, fragte Lisa López wutschnaubend den auf dem Boden liegenden Jose, der aber nicht viel mehr als zwitschernde Vögel hörte, die im Kreis um seinen Kopf flogen.

Die anderen hatten ihr Gelage unterbrochen und lachten schallend, während Lisa López künftige große Liebe wie ein Häufchen Elend auf dem Boden lag und sich vor Scham das Gesicht mit der Hand bedeckte. Der Rechten natürlich. So wurde er mit blutender Nase und schwarzem Handabdruck im Gesicht von seinem Freund Baltasar, der selbst kaum mehr geradestehen konnte, nach draußen in den mittlerweile strömenden Regen geführt, wobei sie mehr stolperten als gingen und sich übergaben und Wunden leckten. Bis der Comandante sie am Schlafittchen packte und in den Keller des Buchladens sperrte, in dem sie gefälligst auszunüchtern hatten.

Das war es. Das war die Geschichte von Lisa López und Jose García de Alvarados erster Begegnung.

Nicht eine Bohne hätte Baltasar Herrero in jener Nacht darauf gewettet, dass sein Freund Jose noch Herr seiner Liebesgeschichte werden würde. Eher würden sich ein dummer Hund und ein blöder Esel paaren. Das sagte er seinem Freund so natürlich nicht, denn Jose war zutiefst konsterniert.

Am nächsten Morgen nicht ein Wort über den unrühmlichen Vorfall. Der Comandante hatte ohnehin Wichtigeres zu tun und die jungen Zeuginnen und Zeugen der vergangenen Nacht grinsten zwar wissend, als sie den ramponierten Jose sahen, unterließen aber die Spötteleien im Sinne der gemeinsamen Sache. Man versammelte sich ein letztes Mal, um die konzertierten Aktionen zu besprechen, die auf die Stützpunkte der Nationalgarde geplant waren. Jose García de Alvarado und Baltasar Herrero wurden dem Himmelfahrtskommando zugeteilt, das die Festung von Granada in der Nähe der Hauptstadt angreifen sollte. Denn der Comandante war sich sicher: Würde Granada einmal fallen, dann wäre auch der Weg nach Managua geebnet.

Am nächsten Tag marschierten sie los, ohne dass Jose das Mädchen wiedergesehen hätte.

Den Sieg über Somoza schreiben die Geschichtsbücher verschiedenen Kräften zu. Angefangen bei Sandino selbst, der die Flagge vor Jahren schon das erste Mal in den Bergen gehisst hatte, über den Gründer der Befreiungsfront, Carlos Fonseca Amador, bis hin zu jener, sich aus Zahnärzten, Kaffeehändlern, Agrarwissenschaftlern und Priestern zusammensetzenden Gruppe der Zwölf, sowie natürlich all denen, die schließlich auf einem Feuerwehrauto hupend den Plaza de la República von Managua enterten.

Nicht zu vergessen jedoch die Namenlosen, die in den Jahren ihr Leben ließen und von denen einer auf den Namen Baltasar Herrero hörte. Jose García de Alvarado verlor seinen besten Freund aber nicht bei dem Höllenritt in Granada, sondern ein knappes Jahr später auf dem letzten Wege nach Managua, genau zwei Tage, bevor Somoza mitsamt Papagei, Mätresse und Staatskasse nach Florida flüchten sollte. Es war das letzte Aufbäumen der Nationalgarde, und ausgerechnet sein bester Freund fiel diesem zum Opfer. Die Kugel traf ihn aus dem Hinterhalt, er war hinweg, noch bevor er auf den Boden aufschlug und realisieren konnte, was passiert war. Man sagt, es gebe die menschliche Welt und die Totenwelt, aber auch einen Ort für diejenigen, bei denen noch unklar ist, wohin die Reise geht. Dieser Ort habe ganz eigene Regeln und Gesetze und stünde auf keiner Landkarte. Unser Freund Baltasar hielt sich eine Weile dort auf, ich kann das bezeugen. Manche der Geister verschwinden in der Totenwelt, andere wiederum können zurück. Weil sie noch nicht fertig sind mit dem Leben. Es heißt, es gebe sogar Wesen, die die Geister durch ein Portal in die menschliche Welt zurückführen könnten, aber dazu später mehr. Ein solches Wesen traf Baltasar nicht. Für ihn war die Reise abgeschlossen.

Während also die Geschichte zum Klang der Glocken und Marimbas gemacht wurde, während Ortega und Ramírez in den Tagen die Weltöffentlichkeit im Hotel Intercontinental unterrichteten, die jahrzehntelange Tyrannei sei endlich vorbei, wurde das Weltbild von Jose zutiefst erschüttert, denn er war sich immer sicher gewesen, dass die Guten niemals sterben würden.

In jenem Juli 1979, als die Gefallenen in die Gemeinschaft der Heiligen eingingen, da war Jose also nicht nach Tanzen und Singen zumute, auch wenn er sich darüber freute, dass die Zeit des Bangens und Sich-verstecken-Müssens vorbei war. Aus der ganzen Welt kamen Journalisten und Politiker nach Managua und gratulierten der revolutionären Bewegung. Auch ihm wurde gratuliert. Er wurde sogar, obwohl nur ein kleiner Mann, von einer jungen Pariser Zeitungsfrau zu den Vorgängen befragt, deren Englischkenntnisse jedoch schlecht und die des Spanischen auch nicht so recht mächtig war, weshalb das Gespräch etwas schleppend verlief.

Der Trubel war groß, zu groß für Jose, weshalb er nach dem Interview gedankenversunken und alleine durch die Straßen der Hauptstadt flanierte. Sein bester Freund war nun im Jenseits und seine Familie hatte er seit Ewigkeiten nicht mehr gesehen. Er wusste überhaupt nicht, wie es weitergehen sollte und welche Position ihm nun zustünde. Er war ja nur ein kleines Rädchen in dem großen Getriebe. Seine Familie trug zwar einen berühmten Namen, der, wie sein Vater manchmal anmerkte, von den Eroberern Alonso und Pedro de Alvarado rührte, die mit Cortés die Azteken und mit Pizarro die Inkas erobert hätten, doch ob sich ihr Familienstammbaum tatsächlich jemals mit dem der berühmten spanischen Conquistadoren gekreuzt hatte, war ihm schnuppe. Jose für seinen Teil wäre gewiss nicht stolz gewesen, den Namen eines Indigenen-Mörders zu tragen, und in seinen Kreisen hätte man mit einer solchen Herkunft ohnehin nicht prahlen können.

Wie der Zufall manchmal spielt, lief er im Moment des Sinnierens über seine Her- und Zukunft Lisa López und ihrer Kameradin Clara Aguila in die Arme, die gerade in Managua angekommen waren und sich auf dem Weg zum Hotel befanden. Beide grüßten ihn euphorisch, denn dem Aussehen nach war er ja einer der ihren. Er zuckte erst zusammen, grüßte dann aber schüchtern zurück.

Sie erkannte ihn offenbar überhaupt nicht mehr. Wie auch. Der Vorfall war fast ein Jahr her und er hatte sich stark verändert. Er sah zwar nicht mehr so abgemagert aus, da es mittlerweile wieder regelmäßige Mahlzeiten gab, aber sein Gesicht war um Jahre gealtert, obwohl er gerade achtzehn Jahre zählte. Er sah abgekämpft aus. Sie hingegen wirkte genauso fidel und aufgeweckt wie damals.

Er wusste, er müsse sie jetzt ansprechen, doch wie sollte er das tun, wenn ...

»Geht es dort vorne zum Hotel Intercontinental?«, fragte Clara plötzlich.

»Ja, genau, dort vorne. Ihr müsst in die Calle Sureste und dann könnt ihr es nicht verfehlen«, antwortete Jose, dem fast das Herz zersprang vor lauter Aufregung.

»Danke Junge«, rief Lisa und hob ebenso wie Clara die Hand zum Abschied.

»Warte ...«, rief Jose García de Alvarado, obwohl er überhaupt nicht wusste, was er sagen sollte.

»Erkennst du mich noch? Wir haben uns schon mal gesehen«, sagte er.

»Sag mir deinen Namen, und ich sag dir, ob ich dich erkenne«, grinste Lisa López, doch sie hatte absolut keinen Schimmer, wen sie vor sich hatte. Clara Aguila hingegen fiel es jetzt wie Schuppen von den Augen. Sie prustete laut los.

»Das ist doch der Junge aus dem Buchladen! Du hast ihm fast die Nase gebrochen, weißt du nicht mehr?«

»Du bist der mit ... der schwarzen Hand? Oh mein Gott«, hielt Lisa sich die Hand vor den Mund, um ihr Lachen zu verbergen, da es ihr unhöflich schien, sich über den gebeutelten Kameraden lustig zu machen.

»Ja, ich bin der aus dem Buchladen. Der mit der schwarzen Hand«, musste jetzt auch Jose García de Alvarado lachen. Er lachte überhaupt das erste Mal, seit sie in Managua eingelaufen waren. »Der dumme Hund, dem du eine verpasst hast. Ich hatte es ja nicht anders verdient.«

»Ich wollte nicht … ich meine, ich wollte schon, aber ich hoffe …«

»Keine Angst, es war nicht das Schlimmste, was in den letzten Monaten passiert ist«, sagte Jose.

»Weißt du was? Du kommst jetzt mit uns. Wir werden ein Friedensabkommen schließen«, gab sich Carla entschlossen und hakte sich gleich bei Jose ein. »Das ist übrigens meine Freundin Lisa. Lisa López. Ich bin Carla. Und du bist?«

»Jose«, entgegnete Jose García de Alvarado, woraufhin sich auch Lisa López bei Jose einhakte. »Jose García de Alvarado«.

Das war sie. Das war die Geschichte von Lisa López und Jose García de Alvarados zweiter Begegnung.

Fortan waren die beiden unzertrennlich. Sie verbrachten die tropischen Hitzetage am Südufer des Managuasees, von wo aus man den Momotombo-Vulkan, in dessen Schlund Somoza die Leichen der Massakrierten hatte werfen lassen, zum Glück nicht sehen konnte. Sie verbrachten die Abendstunden beim Lichte der Leuchtkäfer und den Rufen der Zikaden unter den Lorbeerbäumen, und als Lisa López ihn das erste Mal in seinem kärglichen Nachtlager besuchte, einem kleinen Zimmer im Haus einer alten Witwe, das mit nicht viel mehr als einem Stuhl und einem Holzbett eingerichtet war, da war auch seine priesterliche Unschuld endgültig dahin. Sie hat sie sich genommen und bis heute nicht mehr hergegeben. Zwar stritten sie sich in den Jahren noch wie die Kesselflicker, denn beide waren von besonderem Temperament, auch wenn Lisa davon absah, ihm ein weiteres

Mal die Nase zu brechen. Doch sollte sie seine große Liebe bleiben bis an sein Lebensende.

Solana hatte sich die Geschichte bestimmt hundert Mal erzählen lassen. »Wenn dir ein Typ krumm kommt, dann gib ihm eine Maulschelle«, pflegte ihre Mama immer zu sagen, und Solana sollte sich das beherzigen. Sie ignoriert Tys letzte Nachricht und schaltet ihr Handy aus.

7

Der Nebel hängt wie eine Rauchwolke über dem Bosporus. Man kann die Schiffshörner zwar hören, aber die Schiffe kaum sehen. Das letzte Mal, als Solana in der Stadt war, konnte man noch Delfine beobachten. Damals hatte sie bestimmt sechs Stück gezählt, die im schäumenden Kielwasser aufgetaucht waren. Doch jetzt sind die Delfine verschwunden. Die Moscheen und Paläste erheben sich gespenstisch hinter dem Grau. Auch die Hügel sind im Nebel nur schemenhaft zu erkennen. Als hätte der Smog Einzug erhalten. Beim letzten Mal hatte sie das Hupen beinahe wahnsinnig gemacht, doch nun scheint es, als seien die Millionen Hupen zu einem dunklen Ton verschmolzen. Solana hat ihre Baseball-Käppi rückwärts aufgesetzt und trägt einen roten Blouson zu dunklen Samthosen. Fanta und Ninja und der Rest der Tänzer albern hinten im Backstage herum. Ihr Tourmanager Steve hat ein Mädchen im Schlepptau. Das Mädchen trägt löchrige Jeans zur schwarzen Adidasjacke und hat das dunkle kurze Haar zur Seite gescheitelt. Eine längere Locke fällt ihr immer wieder ins Gesicht.

»Das ist Aliye vom Beat Magazin. Sie wird das Interview machen. Das ist Solana«, stellt Steve die beiden vor.

»Okay, ihr müsst euch leider etwas beeilen. Supertighter Zeitplan. Braucht ihr noch was?«, fragt Steve.

»Für mich alles gut. Willst du was trinken?«, wendet sich Solana an das Mädchen.

»Tee wäre cool.«

»Tee haben wir quasi alles. Bediene dich einfach«, sagt sie mit einem Augenzwinkern und deutet auf den Cateringtisch. »Du heißt nicht wirklich Aaliyah, oder?«

»Doch, bloß schreibt man es hier Aliye – A-l-i-y-e. Ist eigentlich ein arabischer Name. Du magst Aaliyah, oder?«

Das Mädchen nimmt sich eine Tasse, eine Zitronenscheibe, ein paar Salbeiblätter und gießt heißes Wasser darüber.

»Willst du mich verarschen? Ich vergöttere Aaliyah. Sie war die Coolste. Aaliyah bedeutet mir alles. Ich habe ihre Musik schon als Kind gehört, ihre Choreografien nachgetanzt. Ohne sie wäre ich nichts. Ich kann bis heute nicht fassen, wie das passieren konnte.«

»Du meinst das mit dem Flugzeugabsturz? Kann leider jedem passieren.«

»Ja, da hast du recht. Ich wusste nicht, dass der Name arabisch ist.«

»Wissen viele nicht«, entgegnet das Mädchen und nimmt ihr gegenüber auf dem Sofa Platz. Sie stellt die Tasse ab und zieht ihr Handy aus der Jackentasche.

»Ist es okay, wenn ich schon auf Aufnahme drücke?«

»Klar.«

Sie aktiviert das Diktiergerät.

Dann lehnt sie sich zurück, schlägt die Beine übereinander und sucht Solanas Blick. Sie schaut ihr ein paar Sekunden lang in die Augen.

»Oh Mann, du hast die krassesten Augen, weißt du das eigentlich? Wie eine Außerirdische.«

»Was?« Solana muss lachen. »Das ist dein Intervieweinstieg?«

»Ja. Ganz cool, oder?«

»Auf jeden Fall«, schmunzelt Solana. »Ich fühl mich manchmal auch wie eine Außerirdische.«

»Wie meinst du das?«

»Stell dir vor, du wachst ständig auf und musst überlegen, in welcher Stadt oder welchem Land du gerade bist. Oder auf welchem Planeten. So geht es mir auf Tour eigentlich immer. Man fühlt sich wirklich wie ein Alien.«

»Okay, fürs Protokoll: Du bist in Istanbul!«

»Haha, danke. Von den meisten Städten siehst du nichts außer Flughafen, Hotel und Venue. Die sehen aber überall gleich aus. Dazu ist man die ganze Zeit vernebelt wegen des Jetlags. Ich weiß nicht, wann ich das letzte Mal mehr als fünf Stunden geschlafen habe. Man schwebt so durch den Tag. Richtig peinlich wird es, wenn du dann in Paris auf der Bühne stehst und sagst: Hallo Madrid! Kein Scheiß, ich kenne Leute, denen das wirklich passiert ist.«

»Hast du ein Ritual, um dich morgens zurechtzufinden?«

»So eine Art. Ich fotografiere von jeder Hotelsuite das Klo. Damit ich weiß, wo ich schon mein Revier markiert habe.«

»Das ist ein Witz, oder?«

»Nein, ich schwöre! Es gibt die abgefahrensten Toiletten auf der Welt. An den Toiletten kannst du erkennen, wie die Kulturen wirklich ticken! Irgendwann gebe ich einen Bildband heraus: This is my shit! Oder ich mache eine Instagram-Reihe draus.«

»Machst du dein Social Media eigentlich komplett selbst?«

»Das meiste schon. Meine Facebook-Seite betreut die Plattenfirma. Twitter und Instagram mache ich selbst.«

»Du hast neulich getweetet, dass du Schizo bist. Das war

ziemlich lustig und alle haben es geteilt. Wie hat Schizo reagiert?«

»Naja, wie soll ich schon reagiert haben? Ich finde es ziemlich cool, dass ich Schizo bin!«

»Haha. Das wäre ein cooler Move, wenn du wirklich Schizo wärst. Dann hättest du dein Album gewissermaßen selbst produziert.«

»Du glaubst mir nicht? Ich bin Schizo, ich schwöre beim Grab meiner Ur-Großmutter! Natürlich habe ich mein Album selbst produziert.«

Solana hebt die Hand zum Schwur.

»Lass uns über *Multiverse* reden. Du hast mal gesagt, das Album würde dir mehr bedeuten, als alle anderen davor. Warum?«

»Ich wollte ein Album machen, das universell ist. Es geht nicht um Amerika oder Afrika oder Europa, sondern es soll ein Album sein, das man überall versteht. Meine Mutter hat immer gesagt, Musik sei eine universelle Sprache. Musik kann heilende Kräfte haben. *Multiverse* ist definitiv ein Album für eine kaputte Welt. *Multiverse* ist für die unmittelbare Gegenwart.«

»Das Video zu *Eating Good* hat hier für ziemlich viel Wirbel gesorgt. Es gab Menschen, die dich als ›Hure der Kreuzritter‹ beschimpft haben, weil sie das Video anstößig fanden. Bekommst du so etwas eigentlich mit?«

»Nein, das habe ich nicht mitbekommen. Wenn sie es anstößig finden, müssen sie sich das Video ja nicht anschauen. Ich wüsste nicht, was schlimm daran sein soll, wenn Männer ihren Mund mal für was Vernünftiges benutzen, statt zum Dummschwätzen.«

»Stimmt es eigentlich, dass du den Song mit Ty nach der Trennung gleich wieder löschen wolltest?«

»Nein, das stimmt nicht. Ty war zu der Zeit, als *Multiverse* entstanden ist, sehr wichtig für mich. Auch wenn wir nicht mehr zusammen sind, hoffe ich, dass es ihm gut geht. Ich habe niemals darüber nachgedacht, den Song zu löschen. Das wäre respektlos gewesen. Wo hast du das denn her?«

»Aus dem Internet.«

»Siehst du? Das Internet redet viel Scheiße. Vielleicht sollten die Leute wirklich lieber Toilettenbilder posten.«

»Macht dir das manchmal Angst, diese Projektionsfläche zu bieten? Überall auf der Welt sitzen Menschen und fantasieren von dir. Das muss ziemlich weird sein.«

»Klar gibt diese Leute, die denken, man sei irgendwie ein magisches Wesen. Neulich in Chicago kam ein Typ auf mich zu, der meinte, ich sei aus Jesus' DNA gezeugt. Von Außerirdischen. Eines Tages würden die Außerirdischen wiederkommen und die Menschen auf einen anderen Planeten bringen, auf dem es besser sei. Meine Personenschützer waren ziemlich harsch zu ihm, aber irgendwie tat er mir auch leid. Der war wirklich überzeugt, dass die Rettung aus dem Weltraum kommt. Das war ziemlich weird.«

»Die Welt wird immer verrückter. Da flüchten sich die Menschen halt in irgendwelche Erlösungsfantasien. Aber besser an UFOs glauben, als sich in die Luft zu sprengen.«

»Da hast du natürlich recht.«

Draußen schlägt eine Taube ihre Flügel ans Fenster. Die letzten Sonnenstrahlen dringen diffus durch die Scheibe. Gleich muss Moe auf die Bühne. Auch Solana muss sich allmählich fertig machen. Aber das Mädchen ist ihr sympathisch. Irgendwie ist sie anders als die Journalisten, die Solana normalerweise trifft.

»Eine Freundin von mir ist gerade im Gefängnis gelandet«, sagt Aliye nach einer kurzen Pause.

»Im Gefängnis gelandet? Kein Scheiß?«

»Kein Scheiß. Und weißt du warum? Wegen eines Zeitungsartikels. Sie werfen ihr terroristische Propaganda vor. Für die PKK. Weil sie einen Artikel über Demirtaş geschrieben hat.«

»Über Demirtaş? Was ist Demirtaş?«

»Ein kurdischer Politiker.«

»Und dafür sitzt sie im Gefängnis?«

»Ja. Sie hat einen Artikel über einen kurdischen Politiker geschrieben und sitzt dafür im Gefängnis«, sagt das Mädchen mit einem Blick, von dem Solana nicht genau sagen kann, ob er Spott oder Resignation ausdrücken soll. »So ist die Situation hier gerade, verstehst du? Du schreibst einen Artikel und du kommst ins Gefängnis. Ich meine, du kannst es dir nicht vorstellen.«

»Doch, ich kann es mir vorstellen. Das ist barbarisch«, entgegnet Solana.

»Sie stürmen die Zeitungsredaktionen. Sie regen sich über dein Musikvideo auf. Du kannst das verkraften, du bist ja morgen wieder weg. Aber meine Freunde sperren sie ins Gefängnis und wir können nichts dagegen tun.«

»Ich verstehe und das ist schlimm«, wiederholt Solana unsicher, weil sie nicht mehr genau weiß, was sie sagen soll. Worauf will das Mädchen denn jetzt hinaus? Aliye rückt ein Stück an sie heran. Ihr Blick ist plötzlich todernst.

»Dabei hat sie nur über einen Politiker geschrieben, der

rechtmäßig ins Parlament gewählt worden ist und der die Gewalt verabscheut. Aber sie behaupten, der Politiker sei ein PKK-Sympathisant, und jeder, der so über ihn schreibe, sei ebenfalls ein PKK-Sympathisant. Verstehst du? Für sie ist jeder ein PKK-Sympathisant, der nicht auf Regierungslinie ist. Sie wollen unbequeme Meinungen abwürgen, indem sie die Meinungsträger einsperren.«

Sie schaut Solana tief in die Augen, um sicherzugehen, dass Solana auch wirklich verstanden hat. Solana ist irritiert. Sie weiß nicht, was sie sagen soll. Von draußen klopft es schon an die Tür. »Drei Minuten noch«, ruft Steve.

»Ich glaube, wir haben nicht mehr lange«, sagt Solana und bemüht sich ein aufmunterndes Lächeln aufzusetzen, wobei ihr das dämlich vorkommt, weil es ja offenbar nichts mehr zu lächeln gibt.

»Solana, kannst du vielleicht sagen: Elin Aksoy, ich bin bei dir?«

»Was? Elin ... wer ... ich bin bei dir?«

Solana guckt verdutzt.

»Elin ist meine Freundin. Sag, Elin Aksoy, ich bin bei dir. Gleich, wenn du auf der Bühne bist. Ich bitte dich.«

Aliye schaut ihr beinahe flehentlich in die Augen.

»Dich hören sie und dir kann nichts passieren. Aber du hast eine Stimme. Du kannst etwas bewirken.«

»Ich verstehe dich ja. Niemand hat das Recht, ein Mädchen wegen eines Zeitungsartikels einzusperren. Aber ich weiß nicht mal, wer dieser Demirkos ist.«

»Demirtaş«, korrigiert Aliye.

»Demirtaş«, wiederholt Solana. »Ich bin hier zu Gast und ich verstehe dieses Land überhaupt nicht. Das ist alles, was ich dazu sagen kann. Ich habe nicht das Recht, mich auf eine Bühne zu stellen und mich in Dinge einzumischen, von denen ich keine Ahnung habe.«

»Aber du hast eine Stimme. Sie beschimpfen dich als ›Hure der Kreuzritter‹ und sie stecken Mädchen ins Gefängnis wegen eines Zeitungsartikels. Es sind die gleichen Männer. Verstehst du?«

»Ich bin fest davon überzeugt, dass deiner Freundin großes Unrecht widerfahren ist. Aber meinst du, sie kommt frei, bloß weil ich sage, dass ich bei ihr bin? Hör zu, ich mag dich und ich wünschte, ich könnte etwas tun. Ich finde das unfassbar. Aber ...«

Sie wird durch erneutes Klopfen unterbrochen. Zwei Sekunden später steckt Steve den Kopf zur Tür rein und nimmt die intime Situation etwas verwundert zur Kenntnis.

»Okay, ihr solltet jetzt langsam Schluss machen.«

»Wir sind gleich fertig. Gib uns noch eine Minute«, entgegnet Solana und wartet, bis Steve die Tür geschlossen hat, ehe sie sich wieder der Journalistin zuwendet.

»Aber ich bin nicht in der Position, jemanden aus dem Gefängnis zu befreien. Ich bin bloß eine Sängerin.«

»Aber du hast doch selbst gesagt, Musik könne etwas bewirken. Dass die Welt total kaputt ist und man jetzt etwas tun muss. Du kannst etwas tun, Solana.«

Sie drückt die Stopptaste auf dem Handy und steht auf. Solana steht ebenfalls auf, um sich zu verabschieden. Sie lächelt etwas verschmitzt, weil sie nicht genau weiß, wie sie sich verabschieden soll und was sie sagen soll. Doch Aliye nimmt ihr die Entscheidung ab. Sie umarmt Solana ganz feste und schaut ihr noch einmal tief in die Augen.

»Sie ist ein Mädchen wie du, verstehst du? Sie könnte deine Schwester sein, und sie tun deiner Schwester Gewalt an. Ich verlange ja nicht, dass du sie aus dem Gefängnis holst. Aber bitte. Elin Aksoy, ich bin bei dir. Sag nur diesen einen harmlosen Satz.«

Nach dem Interview ist Solana noch vernebelter als vorher. Sie hat die Beine ausgestreckt und starrt nachdenklich an die Deckenverzierung, versucht zu entziffern, was das obskure Wolkenmuster eigentlich darstellen soll. Genau kann sie es nicht sagen. Was glauben die Leute auch immer von ihr? Dass sie die kaputte Welt einfach so alleine heilen kann? Kein Mensch kann die Welt einfach so heilen. Solana ist weder Jesus noch ist sie ein Alien. Solana ist einfach nur Solana und Solana muss gleich auf die Bühne.

Die Tür fliegt auf und Ana, Fanta und Ninja stürmen herein.

»Die Katzen sind so megazutraulich hier, das ist voll krass. Mega-Katzen-City, ich flipp aus«, sagt Fanta.

»Die eine sah aus wie ein kleiner Leopard«, sagt Ninja.

»Die war so süß. Ich will die mit nach Hause nehmen«, sagt Fanta.

»Kannst ja anrufen und fragen.«

»Haha, voll geil, ja, lass Katze anrufen und fragen. Ey, kommst du mit zu mir?«

»Alles klar, ruft an. Ich bin die Katze«, murmelt Solana verschlafen von der Couch.

»Du bist voll die Pussy. Hör mal auf, hier so rumzupennen«, boxt Fanta sie neckisch in die Magengrube, ehe sie sich selbst den Bauch hält. »Sorry, ich glaube, ich furz dir deine Königinnensuite voll ein. Bin die ganze Zeit mega am

Abpupen. Hab mir gerade noch so Bohnen reingefahren, die machen voll Gasbauch.«

»Ey, es gibt Dinge, die kann man auch für sich behalten. Ich halte dir gleich ein Feuerzeug untern Arsch«, droht Ninja.

»Auf keinen Fall. Sonst fliegt das ganze Backstage in die Luft. Kein Scheiß, kommen wir auf jeden Fall innen Knast wegen Terrorattentat.«

»Bah, du bist so eklig«, lacht Ana.

»Ich weiß zwar nicht, was ihr hier gerade verloren habt und wieso ihr mich jetzt unbedingt nerven müsst, aber ich liebe euch schon. Das wisst ihr, oder?«, sagt Solana, die gerade doch ein bisschen froh ist über Gesellschaft.

»Fuck, Solana wird sentimental«, feixt Fanta und setzt eine imaginäre Geige an ihrer Schulter an.

»Du kannst ruhig ein bisschen Gefühl zeigen, wenn ich dir eine Liebeserklärung mache.«

»Ich zeig doch Gefühl. Warte, ich spiel sogar *I will always love you* für dich. Mit meinem Arsch.«

Sie hält den anderen ihren Hintern entgegen, dem keine zwei Sekunden später ein knatterndes Geräusch entfährt, das jedoch wenig mit Whitney Houston gemein hat.

»Ok, ich nehme alles zurück. Du kriegst doch keine Liebe von mir. Du bist voll der eklige Scrub.«

»Ich gebe dir gleich Scrub, deine Mutter ist voll der Scrub«, entgegnet Fanta und duckt sich schon mal vorsorglich, weil Solana aufspringt und in Begriff ist, sämtliche sich auf der Couch befindlichen Kissen in ihre Richtung zu pfeffern. Fanta kann den Kissen ausweichen und wirft sich todesmutig auf Solana, woraufhin beide auf dem Boden landen. Solana versucht, ihre Freundin in den Schwitzkasten zu nehmen. Doch Fanta kann den Kopf aus der Schlinge ziehen und ist in Sekundenschnelle wieder auf den Beinen. Sie thront jetzt über Solana und schlägt mit einem Kissen wild auf sie ein.

»Gib zu, dass deine Mutter ein Scrub ist.«

»Du bist selbst voll der Scrub, weil du mit deinem stinkenden Furzarsch den ganzen Tag furzt. Du kannst nichts außer furzen, furzen, furzen.«

»Weißt du, was ich auch gut furzen kann? *No scrubs.* Ich kann sogar besser *No scrubs* furzen, als deine Mutter singen kann. Hier, *I don't want no scrub, a scrub is a guy that can't get no love from me* …«, singt Fanta und hält ihr tänzelnd den Arsch entgegen.

»Alter, ich schwör, du fliegst aus dem Fenster. Ich kill dich, wenn du das noch mal machst«, droht Solana. Doch zu spät. Der Furz kommt wie ein Hurrikan über sie gefahren.

»Ok, ruft ihr schon mal Krankenwagen, ich mach die alle«, springt Solana auf und jagt Fanta durch die Garderobe, während sich die anderen die Nase zuhalten und sich lachend und ekelnd zugleich hin- und herrollen.

Tatsächlich aber, und entgegen Fantas Meinung, hätte Lisa López durchaus *No scrubs* singen können, wenn ich das kurz anmerken darf, denn sie verfügt über eine ausgezeichnete, mehrere Oktaven umfassende Stimme. Vorausgesetzt, sie hätte sich mit diesem »amerikanischen Gedudel«, wie sie es nannte, abgegeben. Wenn Lisa López amerikanische Musik hörte, dann Billie Holiday oder Nina Simone. Aber nicht diese »imperialistische Plastikmusik«, die Solana so gerne mochte und vor der man in den Neunzigern auch in

Bluefields nicht gefeit war. Die Fast-Namensgleichheit mit der berühmten TLC-Sängerin Lisa »Left Eye« Lopes wäre ihr jedoch entgangen, hätte Solana, die schon mit zehn großer TLC-Fan war, sie nicht gefragt, ob sie mit Lisa Left Eye Lopes verwandt war. Woraufhin Lisa López ihre Tochter auf einen Holzstuhl in der Küche setzte und erklärte, dass es höchstwahrscheinlich viele Lisa López oder Lopes gebe, nicht mal an einer Millionen Hände könne man sie abzählen. Von daher sei es unwahrscheinlich, dass Solana mit Lisa Lopes verwandt sei. Dafür aber sei Solana mit einer Menge anderer sehr liebenswerter Menschen verwandt.

Solana hatte vorhin mit ihrer Mama telefoniert und erfahren, dass es Papa den Umständen entsprechend gut ging. Die OP sei gut verlaufen. Zwar hat er offenbar sehr starke Schmerzen, die sich nur mit sehr starken Schmerzmitteln betäuben ließen. Doch sind die Ärzte optimistisch, dass ihr Vater wieder vollständig genesen würde. Das war immerhin eine gute Nachricht für heute.

Lisa López und Jose García de Alvarado hatten kaum eine Nacht getrennt voneinander verbracht. Jose wurde unruhig, wenn er böse geträumt hatte und sich umdrehte und nicht die Hand seiner großen Liebe zu fassen bekam. Wie unruhig musste er sich erst in einem Krankenhaus fühlen! Ganz abgesehen von den Schmerzen, die er zu erleiden hatte.

»Wir müssen alles anders machen«, sagte Lisa zu ihrem Mann in jenem März 1980, als das frisch vermählte Paar nach Bluefields beordert wurde, jenen Tummelplatz der Ausgestoßenen an der Miskito Coast, der vom Rest des Landes durch Gebirge, Sümpfe und Regenwälder getrennt blieb und auf konventionellen Wegen nur schwer erreichbar war. Zu jener Zeit war an Solana noch lange nicht zu denken gewesen. Während die hochrangigen Regierungskinder zum Studieren in die DDR geschickt wurden, hatten sich Lisa und Jose, obgleich fast noch Teenager, an der Schule als Lehrer zu profilieren. Sie sollten die landesweite Alphabetisierungskampagne vorantreiben. Lisa und Jose kam es zugute, dass sie Spanisch wie auch Englisch sprachen, im Gegensatz zu vielen anderen Neuankömmlingen, denen die Einheimischen skeptisch gegenüberstanden.

Auch durch den Contra-Krieg, der in den Folgejahren jegliche Familienplanung unmöglich machen sollte, kam es immer wieder zu Scharmützeln. Lisa beharrte, sie werde garantiert keine Kinder in die Welt setzen, solange diese faschistischen Barbaren mordeten, plünderten und vergewaltigten. Die Contra-Krieger, deren Kommandeure sich Kampfnamen wie Skorpion, Löwe, Schlange oder Eidechse zugelegt hatten, trieben auch in den umliegenden Wäldern und Sümpfen ihr Unwesen. Hinzu kam der Wirtschaftsboykott. Die Versorgung war gekappt und die Preise stiegen in die Höhe. Zudem wurde die Küste von starken Unwettern heimgesucht. Zwei Wochen vor Solanas Geburt war es Hurrikan Joan, der Bluefields verwüstete und mitsamt Kirchturm und der halben Stadt auch das Dach des türkisblauen, im viktorianischen Stil erbauten Hauses von Lisa und Jose hinwegfegte.

Doch verliebten sich die beiden im Laufe der Zeit nicht nur immer weiter ineinander, sondern auch in den Küstenort mit seinen Kleinlastern, Fischkuttern und dem vielen Regen, den die Briten im Laufe ihrer Kolonialzeit importiert haben mussten, den Festen, die trotzig abgehalten wurden.

Der Calypso-Gesang war allgegenwärtig. Man hörte ihn tagsüber in der Radiosendung von Anthony Matthews und abends überall. Als Bluefields zur Hauptstadt der neugegründeten Región Autónoma del Atlántico Sur erklärt wurde, als das Ende des Contra-Krieges absehbar war und es den beiden freigestellt wurde, nach Managua zurückzukehren, da beschlossen Lisa López und Jose García de Alvarado nicht nur in der Stadt zu bleiben, sondern auch ihre Familien nachzuholen und sesshaft zu werden. Die Leute mochten Lisas diplomatische Art, ihre Contenance auch in brenzligen Situationen und ihren Sinn für Gerechtigkeit.

So kam es, dass das Liebesabenteuer von Lisa López und Jose García de Alvarado just in jenen Tagen, als der Außenminister der Sowjetunion, Eduard Schewardnadse, auf Staatsbesuch in Nicaragua weilte und die Perestroika ankündigte, nachdem er jubelnacktjauchzend in die Lagune von Xiloa gesprungen war, zu einem neuerlichen Höhepunkt gelangte, der dazu führte, dass neun Monate später eine neue Sonne aufging, die auf den Namen Solana García López hörte und eines Tages einem Jungen an einem ganz anderen Ort dieses wundersamen Multiversums das Leben retten sollte. Aber ich will nicht vorgreifen.

8

»Es muss atemberaubend aussehen. Es muss aussehen, als ob Nicolas Roeg und Andrei Tarkowski gemeinsam *Frühlingsopfer* inszeniert hätten. Mit den Mitteln modernster Fotografie und Pyrotechnik. Verstehst du?«

»Nein.«

»Du musst es dir so vorstellen: der Vulkan als mystischer Ort, der Tod und Geburt gleichermaßen symbolisiert. Der Vulkan als Manifestation einer mächtigen, heidnischen Gottheit, vor der sich die Menschen fürchten. Vor der sich die Menschen wappnen müssen. Darum bringen sie ihr Opfer dar. Damit der Lichtgott besänftigt wird. Wir werden diesen Krater zum Leuchten bringen. Wir werden eine künstliche, neonfarbene Lava erzeugen. Wir werden das ganze Gebirge zum Glühen bringen. Du wirst sehen. Dazu der dunkle Himmel, wie eine einzige große Aschewolke. Es wird perfekt aussehen. Es könnte keinen perfekteren Ort geben für eine moderne Inszenierung von *Frühlingsopfer*. Und es könnte kein besseres Frühlingsopfer geben als dich!«

Alexander schreit es heraus, wie es seine Art ist, die Dinge herauszuschreien. Solana versteht so manches nicht, was Alexander herausschreit. Aber er hat recht, es sieht atemberaubend aus. Sie hat viele atemberaubende Kulissen gesehen, aber nicht Island, und Island sieht atemberaubend aus. Es ist nicht jenes eisige Island, das sie aus den Björk-Videos kennt. Es sieht mehr aus wie eine spacige Mondlandschaft. Die anderen sind in London geblieben, wo Solana übermorgen spielen wird. Ana hatte eigentlich mitgewollt, weil sie auch noch nie in Island war. Aber Alexander meinte, es sei besser, wenn Solana alleine käme. Er arbeitet am liebsten hochkonzentriert und effizient. Also hat sie sich nach einem Zwischenstopp in Gatwick mit ihrem Personenschützer Roger in einer kleinen Maschine nach Island aufgemacht. Vom Flughafen ging es noch eine halbe Stunde mit dem Auto durch die Pampa Richtung Kratergebirge. Der Fahrer erklärte ihnen, die Insel sei vollkommen vulkanisch und habe vor ein paar hundert Jahren komplett in Flammen gestanden. Die Lava schoss über mehrere Kilometer in die Luft. Hätte es damals schon Raumschiffe gegeben, hätte man das Feuer vom Weltraum aus sehen können. Gigantische Aschewolken, mit höllenartigen Blitzen, glühende Lavaströme, die alles mit sich gerissen hätten. Aus den Kratern hätten sich auf wundersame Weise die Fjorde, Mineralquellen und Steinwüsten gebildet, die Island bis heute prägten. Bis es eines Tages von neuem losgehen würde. Ein Teil der Vulkane sei noch aktiv. Vor ein paar Jahren erst habe eine riesige Aschewolke den halben transatlantischen Flugverkehr lahmgelegt.

Solana erinnerte sich. Damals saß sie mehrere Tage in England fest. Sie kannte die Aschewolken auch aus der Heimat, immer wieder war es in den Nachrichten gewesen. Die Angst vor Lavabomben, vor dem Ascheregen, der den Himmel verdunkelte, und den pyroklastischen Strömen, die tausende Menschen in Sekundenschnelle in den Tod rissen, war allgegenwärtig. Der Vulkan, den sich Alexander für das Shooting ausgesucht hat, gilt aber als schlafend. Seit Jahrhunderten habe er sich nicht mehr gerührt.

Am Fuß des Berges steht eine kleine Zeltlandschaft, in der

sich die Models umziehen können und es Catering gibt. Das Shooting soll in vier Stunden abgewickelt sein. Der Himmel ist dunkel, wie er ihn haben wollte. Weil es eine dystopische Inszenierung von *Frühlingsopfer* sein würde. Passend zum Zeitgeist und zur neuen Kollektion, die von heidnischen Riten und düsteren Science Fiction-Filmen inspiriert ist. Eine Kollektion aus organischen und synthetischen Materialien, mit kunstvollen Schnürungen, Bändern, Ornamenten an den Seiten. Die Models tragen zerlaufene Schminke, haben Spuren von Dreck und Kunstblut am Körper. Einige sind obenrum frei, andere stecken in halbtransparenten Gewändern, die mit kleinen Steinchen und Federn verziert sind.

Alexander hat das Haar kurzgeschoren wie alle am Set. Da ist er solidarisch. Man kann ihm nicht vorwerfen, dass er sich nicht selbst quälen würde. Er hat eine Krankheit, die ihn nicht schlafen lässt. Schon seit frühester Kindheit nicht. Weshalb er eine Lebenserwartung habe, die nicht sonderlich hoch sei, da das Herz irgendwann kollabieren wird. Dafür habe er jetzt doppelt so viel Zeit wie andere Menschen, sagt er. Also arbeitet Alexander eigentlich immer.

Die schmale Brille gibt ihm einen etwas gewollt intellektuellen Touch, findet Solana. Eigentlich braucht er gar keine Brille, im Gegenteil, wenn es darum geht, jedes Detail der Anprobe bis auf den Quadratzentimeter genau zu prüfen, setzt er sie ab, um die Dinge besser unter die Lupe nehmen zu können. Vielleicht ist die Brille sogar aus Fensterglas. Das Shooting ist ebenfalls quadratzentimetergenau durchgeplant. Keira, die Chefredakteurin der britischen Vogue, die fast immer an Alexanders Seite ist, hatte Solana mit zwei Luftküsschen begrüßt, einmal links und einmal rechts. Keira ist

Alexanders wichtigste Verbündete und hatte über die Jahre ihren Teil dazu beigetragen, dass er nicht bloß als genialer Modeschöpfer, sondern einer der »größten europäischen Künstler seit Picasso« bezeichnet wurde, dessen Kollektionen nicht nur in den Modegazetten, sondern auch in den Museen und Galerien dieser Welt zu sehen waren.

Alexander ist bekannt für sein Spiel mit den Geschlechterrollen. Männer und Frauen seien künstlich konstruierte Kategorien, die es aufzulösen gelte.

»Warum bin ich dann das Frühlingsopfer? Warum nicht ein Mann als Frühlingsopfer?«, fragt Solana.

»Weil das Frühlingsopfer weder Mann noch Frau ist! Mein Frühlingsopfer ist ein außerirdisches Wesen fernab binärer Geschlechteridentitäten. Ein Wesen wie Grace Jones oder David Bowie. Ein Wesen, bei dem es keine Rolle mehr spielt, ob es männlich oder weiblich ist. Weil die gängigen Vorstellungen von dem, was als männlich oder weiblich gilt, zerstört gehören. Kennst du *The Man Who Fell to Earth?*«

»Nein.«

»Aber du kennst David Bowie. Du wirst eine Außerirdische sein wie David Bowie in *The Man Who Fell to Earth*. Du wirst einen außerirdischen Totentanz tanzen. Du wirst ein außerirdisches Wesen sein, das vom Himmel gefallen ist und das dem Lichtgott geopfert wird. Das den archaischen Riten der primitiven Erdenmenschen zum Opfer fällt.«

Schon wieder eine Außerirdische! Warum denken die Menschen denn immer, sie sei eine Außerirdische?

»Du meinst wie Jesus? Ich werde geopfert wie Jesus?«

»Im Prinzip ja. Aber ohne diesen christlichen Heiligenzirkus. Du wirst besser aussehen als Jesus. Himmel, und wie viel besser du aussiehst! Ich habe immer gesagt: Jeder Mensch soll sich einmal im Leben den Kopf rasieren. Glaub mir, es betont deine Augen auf wahnsinnige Weise.«

Alexander streichelt ihr über die kurzgeschorenen Haare. Solana ist selbst erstaunt darüber, wie widerstandslos sie die Prozedur über sich hatte ergehen lassen. Eigentlich sieht es ganz schön cool aus, findet sie. Sie sieht aus wie ein buddhistischer Mönch. Ihre hohen Wangenknochen kommen viel besser zur Geltung. Sie sieht jünger aus.

Keira kommt von hinten an sie herangeschlichen.

»Alexander, mein Täubchen, es ist der Wahnsinn. Das ganze Ambiente, die Models, die Kollektion, es ist wahrlich ein Kunstwerk. Es wird alles transzendieren, was ein Mode-Shooting ausmacht. Es wird ikonisch werden. Glaube mir, es wird in die Geschichte eingehen. Solana, du siehst umwerfend aus. Das Make-up, wie elegant es zerfließt, die Haare, das Styling, du siehst göttlich aus. Einfach nur göttlich.«

»Wir sollten anfangen. Der Himmel ist gerade perfekt. Schaut, wie dunkel er ist. Wie das Unwetter sich schon zusammenbraut. Mit dem Feuer wird es aussehen wie eine himmlische Hölle. Sagt dem Fotografen Bescheid. Wir müssen starten«, sagt Alexander.

Solana ist warm. Wahrscheinlich liegt das an den Schwefelquellen am Fuße des Kraters, aus denen heißer Dampf aufsteigt. Man müsse die ganze naturgegebene Kulisse ausnutzen, hatte Alexander betont. Die glänzenden Obsidiane und rötlichen Magmasteine. Das schwarze Lavafeld. Die ganze verbrannte Erde. Der Vulkan ist Teil eines kleinen Gebirgsmassivs, dessen Gipfel über Kilometer hinweg leuchten.

Die Lichtshow, die den Vulkan befeuern soll, werde man ebenfalls über Kilometer hinweg sehen können. Der Lichtgott werde Feuer spucken, der ganze Berg werde infernalisch leuchten!

Die Pyrotechniker sind seit Stunden zugange und befestigen die Lichter und Feuerwerksbatterien an den verschiedenen Stationen des Shootings. Höhepunkt werden die Fotos unmittelbar am Kraterrand, auf denen Solana einen hauchdünnen, mit Diamanten besetzten Bodysuit tragen wird, dessen kreisförmiges Bauchteil aus Carbonfasern besteht.

»Ich habe immer davon geträumt, dass du mir eines Tages deine romantische Seite zeigst, weißt du?«, sagt Alexander.

»Du findest es romantisch, wenn jemand in einen Vulkan geworfen wird?«, fragt Solana entsetzt.

»*Frühlingsopfer* ist für mich sogar das romantischste Tanzmusikstück überhaupt. *Frühlingsopfer* ist eines der größten Kunstwerke in der Geschichte der Menschheit. Es ist beispielhaft dafür, wie weit die Avantgardisten der Menschheit voraus sind. Mein erstes Date mit meinem Boy hatte ich beim hundertjährigen Jubiläum von *Frühlingsopfer*. Deshalb ist es für mich sogar besonders romantisch. Du weißt, was bei der Uraufführung von Frühlingsopfer passiert ist, im Mai 1913 im Pariser Théâtre des Champs-Élysées?«

»Nein.«

»Das Stück hat einen Tumult ausgelöst. Es hat körperliche Auseinandersetzungen gegeben. Die Leute haben nicht nur gebuht, sie haben sich richtig geprügelt. Strawinsky hat die Bourgeoisie zum Aufstand getrieben! In einem Musiktheater! Kannst du dir das vorstellen? Und weißt du warum?«

»Weil die Bourgeoisie untervögelt war?«

»Haha, nein. Weil die Bourgeoisie die Musik nicht verstanden hat. Weil die Musik und die Tanzperformance ihrer Zeit weit voraus waren. Nicht ein paar Wochen oder Monate. Sondern Jahre. Jahrzehnte. Das Stück hat gezeigt, nach welch simplen Reflexen die Menschen Dinge ablehnen, die sie nicht verstehen, sobald mit ihren Hör- und Sehgewohnheiten gebrochen wird. Wer primitiv ist, der lehnt die Dinge ab, die er nicht versteht. Das war bei David Bowie nicht anders.«

»David Bowie wurde auch ausgebuht?«

»Nein, aber in *The Man Who Fell to Earth* spielt er ein fremdes Wesen, das von den Menschen ebenfalls nicht verstanden wird. Am Ende ist er einsam und verzweifelt. Der Film ist eine Parabel, ein Lehrstück. Mein absoluter Lieblingsfilm. Ich hatte mal die Ehre, mit David Bowie arbeiten zu dürfen, aber das ist gut fünfzehn Jahre her.«

»Was willst du mir damit sagen? Dass es eine Ehre für mich sein soll, geopfert zu werden?«, fragt Solana. »Eigentlich bin ich nicht so der Opfertyp.«

»Soll ich dir was erzählen? Mich haben sie in der Kärntener Provinz immer wie ein Opfer behandelt. In der Schule haben sie mich gequält, weil ich anders war. Weil ich nicht so war wie sie. Weil ich nicht in ihr simples Schema gepasst habe. Weil ich für sie wie ein Alien war. Irgendwann habe ich gesagt: Dann bin ich eben ein Alien für euch. Scheiß drauf. Ich lande auf eurem Planeten und werde euren Planeten so richtig auf den Kopf stellen. Ihr werdet schon sehen.«

»Was soll das für mich heißen? Dass ich wie ein Alien auf ihrem Planeten lande und ihn auch auf den Kopf stelle?«

»Richtig, Solana. Du wirst einen außerirdischen Totentanz tanzen, der ihre kleine Welt für immer verändert.«

9

Solana hat das Telefon auf lautlos gestellt, wird aber durch die Vibration auf der Holzkommode wach. Eigentlich hatte sie sich nur zehn Minuten hinlegen wollen. Aus den zehn Minuten ist locker eine ganze Stunde geworden. Sie ist hundemüde. Sollen die anderen halt ohne sie essen, denkt sie. Es gibt eh wieder irgendwas Unaussprechliches. Sie ist genervt von dem unaussprechlichen Fraß. Gegrillte Hammelhoden oder gedünstete Haiflossen oder was die Leute sich auch überlegen, weil sie sich immer irgendwas Obskures, Exzentrisches, Außergewöhnliches überlegen müssen. Nie gibt es Pizza. Immer wird man doof angeguckt, wenn man Pizza will. Vor allem, wenn man Pizza mit nichts als viel Käse will.

»Wirklich nichts drauf auf die Pizza? Vielleicht ein paar Affenhirne im Schafskopf? Oder tausendjährige chinesische Eier? Wir könnten auch schnell noch einen Wal fangen ...«

Sie residieren in einer uralten Blockhütte mit Moosdach, die auf magische Weise mit einem Hügel zu verschmelzen scheint. Als sei die Hütte immer schon Teil des Hügels gewesen. Ihr Zimmer ist edelrustikal eingerichtet, mit Holzverkleidung und Backsteinkamin. Im Bad eine Wanne, in die man geothermales Naturquellwasser einlassen kann. Im Bett eine müde Solana, die durch das vibrierende Telefon geweckt wird. Es ist ihre Mama. Normalerweise ruft ihre Mama nie um die Zeit an. In New York müsste es jetzt früher Nachmittag sein.

»Hey.«

»Hallo Sonnenschein. Du klingst verschlafen.«

»Bin auch bisschen verschlafen«, murmelt Solana.

»Wo bist du gerade, Schatz?«

»Keine Ahnung. Irgendwo in der Pampa in Island. Hatte ein Shooting mit Alexander. Morgen flieg ich nach London. Bin fix und fertig. Du glaubst nicht, wie ich aussehe.«

»Wie siehst du denn aus?«

»Krass sehe ich aus.«

»Was hast du gemacht?«

»Ich hab ... das erzähle ich dir besser nicht. Du schlägst mich tot. Aber ich schick dir nachher ein Foto.«

»Um Himmels Willen. Sag, was hast du gemacht?«

»Das wirst du schon sehen. Aber du musst mir versprechen, dass du nicht böse wirst.«

»Wenn du schon so anfängst ...«

»Versprich es einfach.«

»Ich verspreche überhaupt nichts, außer dass ich garantiert böse werde.«

»Es sieht aber echt cool aus.«

»Solana, wehe du hast dir die Haare abgeschnitten. Du hattest die schönsten Haare von ... ich werde echt sauer. Versprich mir, dass du dir nicht die Haare ...«

»Ich verspreche überhaupt nichts«, schmunzelt Solana. »Außerdem: Haare wachsen wieder nach. Wie geht es euch? Bist du bei Papa?«

»Du hast den Verstand verloren. Jose wird ausflippen. Er hat immer gesagt, du hast seine Haare geerbt. Seine Haare wären das Schönste, was er dir vererbt hat. Vermutlich wird er bald keine Haare mehr haben und du schneidest sie dir einfach ab. Er wird stinksauer sein.«

»Ach was, sie wachsen doch wieder nach und bei ihm werden sie auch wieder nachwachsen. Sag, wie geht es Papa?«

»Du hast so schönes Haar gehabt. Was würde ich dafür geben ...«

»Ma, ist alles gut? Du klingst besorgt.«

»Schatz, ich bin auch besorgt, wenn ich höre, dass du ... «

»Jetzt rede nicht so blöd um den heißen Brei herum.«

»Hast du das etwa wegen Ty gemacht? Man merkt doch, dass Ty dich verletzt hat. Auch wenn du es nicht zugeben willst, weil du immer so ein Sturkopf bist. Ich habe Ty wirklich gerne gemocht, er war ein netter Junge. Aber er ...«

»Ma, ich will nicht über Ty reden. Ty ist für mich gestorben. Es ist vorbei, und zwar endgültig. Sag, was ist mit Papa?«

»Papa ...«

»Was ist?«, wird Solana nervös. Irgendwas stimmt doch nicht mit Mamas Stimme. Sie kratzt sich an der Hand. Es fühlt sich plötzlich an, als wären Insekten unter ihrer Haut.

»Ihm geht es nicht gut. Er hat eine Entzündung am Bauchfell und hohes Fieber. Er ist vorhin auf die Intensivstation verlegt worden.«

»Wieso sagst du das nicht gleich? Ich dachte, die OP sei gut verlaufen?«

»Ist sie auch. Der Tumor ist entfernt worden und keine Metastasen. Das ist das Allerwichtigste. Aber nach einer OP kann es immer zu Komplikationen kommen, die man nicht absehen kann.«

»Entzündung am Bauchfell? Was heißt das?«

»Es heißt, dass die Gefahr einer Blutvergiftung besteht. Deswegen mussten sie ihn auf die Intensiv...«

»Er hat eine Blutvergiftung?«

»Er hat keine Blutvergiftung. Mach dir keinen Kopf. Es besteht die Gefahr einer Blutvergiftung. Aber die Ärzte tun alles. Es sind gute Ärzte und sie haben die Entzündung relativ schnell erkannt.«

»Was heißt ›relativ schnell erkannt‹? Er ist doch vor Tagen operiert worden. Was bedeutet ›Gefahr einer Blutvergiftung‹?«

»Er muss eben noch mal operiert werden. Aber es gibt keinen Grund zur Panik. Ich versuche ja auch, ruhig zu bleiben.«

»Keine Panik? Wie soll ich denn verfickt noch mal ruhig bleiben?«

»Solana, hör auf zu fluchen. Mehr als abwarten können wir jetzt nicht machen.«

»Wann wird er denn operiert?«

»Gleich.«

»Bist du in der Klinik?«

»Solana.«

»Ich komme vorbei. Ich mache mich gleich auf den Weg.«

»Es bringt überhaupt nichts, in Panik zu verfallen. Wir können gerade nichts tun. Ich ruf dich an, wenn ...«

»Ich kann Alexanders Piloten fragen. Der Flughafen ist nicht weit von hier. Ich kann in fünf Stunden in New York sein.«

»Solana, das ist totaler Blödsinn und es hilft deinem Vater überhaupt nicht weiter. Du kennst ihn. Jose hat schlimmere Kämpfe ausgefochten. Er hat es immer geschafft und er wird es auch diesmal schaffen. Er würde garantiert nicht wollen, dass du ...«

»Ich melde mich, wenn wir gelandet sind.«

»Solana, das ist total bescheuert ...«

Doch Solana hat schon aufgelegt. Sie springt aus dem Bett und sprintet die Treppe runter, wo sich die anderen Kahlgeschorenen zum Abendessen versammelt haben. Man könnte meinen, man wäre in einer Krebsklinik für Supermodels gelandet. Dem Nobelbankett im Château Chauve der Chemo-Schickeria. Irgendwie passt es, dass Alexander weiß gekleidet ist wie ein Arzt. Er hält eine schwarze Flasche in seinen Händen und doziert über isländischen Branntwein.

»Man nennt ihn seines Etiketts wegen ›den schwarzen Tod‹. Das klingt zugegebenermaßen etwas makaber. Aber er ist köstlich, glaubt mir. Ihr müsst ihn probieren. Ihr werdet sterben, wenn ihr ihn nicht probiert habt. Ach, sieh an, da ist ja unser Frühlingsopfer. Unser Opfer hat wohl das Essen gerochen. Solana, du siehst umwerfend aus, habe ich dir das heute schon gesagt? Du bist eine außerirdische Göttin. Ist sie nicht eine außerirdische Göttin? Sagt, dass sie eine außerirdische Göttin ist.«

Der Tisch pflichtet ihm bei und sagt, dass sie eine außerirdische Göttin ist. Doch Solana hat keine Zeit für Sperenzien.

»Alexander, ich muss nach New York, sofort.«

»Meine Liebste, du musst etwas essen, sofort. Schau, was wir hier alles haben.«

Er hebt den Deckel des nächstbesten Gussbräters hoch und fächelt Solana den würzigen Duft zu.

»Weißt du, was das ist? Ein Fischeintopf. Nicht irgendein Fischeintopf, sondern ein spezieller isländischer Fischeintopf. Daran köcheln die Köche Stunden. Das ist kein Scherz, die haben heute Morgen mit dem Kochen angefangen. Es ist eine lokale Spezialität. Es heißt ... der Koch hat doch vorhin noch den Namen ... auweia, weiß noch jemand, wie der hieß? Dieser Fischeintopf?«

Der ganze Tisch schüttelt den Kopf. Keiner weiß mehr, wie der Fischeintopf hieß.

»Gut, wir wissen den Namen auch nicht mehr, aber du wirst sterben. Probiere mal!«

»Alexander, ich meine es ernst. Ich muss nach New York. Jetzt sofort.«

»Täubchen, was ist los mit dir?«

»Hör auf, mich Täubchen zu nennen. Das ist kein Spiel oder irgendeine Inszenierung und ich bin auch keine Außerirdische. Ich muss nach New York und ich brauche dringend ein Flugzeug. Nicht irgendwann oder morgen früh, sondern auf der Stelle. Verstehst du mich?«

Doch Alexander, der wie alle am Tisch die für die Fliegerei zulässige Promillegrenze längst überschritten haben dürfte, starrt sie nur mit großen, ironischen Augen an. Solana macht es wahnsinnig, wenn er so ironisch guckt.

»Du willst fliegen? Schau dich um. Kein Mensch hier am Tisch kann noch fliegen. Oder was meint ihr? Könnt ihr noch fliegen?«

Der Tisch schüttelt den Kopf und kann definitiv nicht mehr fliegen.

»Mein Täubchen, fliegen werden wir allerhöchstens vom Branntwein. Komm, setz dich und trink ein Gläschen mit mir.«

»Alexander, ich schwör, ich hau dir eine rein, wenn du mich noch einmal Täubchen nennst. Das meine ich ernst. Ich breche dir deine Scheißnase, verstehst du? Ich muss nach New York und ich brauche den Flieger. Auf der Stelle. Wo ist dein Scheißpilot hin?«

»Meine Scheißnase? Mein Scheißpilot? Himmelherrgott Solana, was ist los mit dir? Hat die Lava dich so aufbrausend werden lassen? Ist der Gott des Feuers in dich gefahren? Hier gibt es keine Scheißpiloten. Hier gibt es allerhöchstens Fischeintopf und Brannt...«

»Alexander!«

Sie packt ihn am Kragen und brüllt jetzt regelrecht, was ihn nur noch fassungsloser macht. Auch der Tisch guckt sie an, als wäre sie geisteskrank. Zwanzig Kahlgeschorene, die sie anschauen wie eine Geisteskranke.

»Ich muss verdammt noch mal nach New York, und zwar sofort. Es ist ein Notfall.«

»Solana, hast du mal nach draußen geschaut? Da draußen tobt ein Unwetter. Der Aufstand der Elemente. Die wahrgewordene Apokalypse. Der Gott des Zorns treibt da draußen sein Unwesen. Wir können froh sein, dass wir das Shooting unter Dach und Fach haben. Bei dem Wetter wird kein Mensch mehr fliegen. Du beruhigst dich jetzt und trinkst mit uns einen Branntwein.«

»Ich brauche einen Scheißflieger, sonst hast du hier gleich Apokalypse am Tisch. Verstehst du mich? Das ist kein Witz. Du rufst jetzt deinen Piloten an und sagst, dass er sich bereitmachen soll, und mich fährt jemand zum Flughafen. Nicht morgen, sondern auf der Stelle. Es ist mir scheißegal, was es kostet.«

»Täub... ich meine, Solana. Willst du uns nicht wenigstens erklären, was los ist? Was ist denn in dich gefahren?«

Auch Keira meldet sich jetzt zu Wort.

»Solana, du kannst jetzt nicht nach New York. Niemand kann jetzt nach New York.«

Solana atmet tief durch und bemüht sich um eine klare, gefasste Stimme.

»Meinem Vater geht es nicht gut. Er muss noch mal operiert werden und ich will ihn sehen. Bitte, ich weiß, dass es verrückt klingt und dass du gerade besseres vorhast. Aber du musst dich jetzt für ein paar Minuten zusammenreißen und dafür sorgen, dass ich nach New York komme. Tu mir bitte diesen Gefallen. Ich mache es auch wieder gut, okay?«

»Ich meine es auch ernst«, sagt Alexander jetzt schon eine Spur nüchterner. »Da draußen tobt wirklich ein Unwetter. Seit Stunden und es ist kein Ende in Sicht. Schau nach draußen. Wir können froh sein, wenn wir morgen irgendwohin kommen. Aber ganz sicher nicht heute.«

Er deutet auf das Fenster, gegen das dicke Hagelkörner prasseln. Grelle Blitze zucken durch den Himmel. Es sieht aus wie die Hölle, die die Pyrotechniker vor ein paar Stunden noch künstlich inszenieren mussten.

»Das Unwetter kann man umfliegen. Bis New York sind es doch bloß ein paar Stunden. Bitte, Alexander. Es ist wirklich wichtig. Nimm dein Telefon und regele das für mich. Ich gehe jetzt meine Sachen holen. Sag dem Fahrer, dass ich in zehn Minuten unten bin.«

»Was ist mit Roger?«

»Roger soll hierbleiben. Ich flieg allein. Er ist oben. Sag ihm, wir treffen uns übermorgen in London.«

Solana hastet wieder die Treppe hoch.

»Übergeschnappt, vollkommen übergeschnappt«, murmelt Alexander und wendet sich wieder dem Tisch zu, der die Diagnose nickend bestätigt. »Oder? Was meint ihr?«

»Übergeschnappt, vollkommen übergeschnappt«, wiederholt der Tisch.

»Aber gut, sie ist eine Göttin. Was soll man da machen? Die Göttinnen müssen wohl manchmal verrückt sein.«

10

Die Götter waren in Bluefields schon immer verrückt und trieben ihr Spiel mit den Elementen. Regelmäßig wurde die Region von starken Unwettern heimgesucht. Olivia war davon überzeugt, dass ein Fluch über der Stadt liegen müsse. Sie hatte sich lange gesträubt, dem Ruf ihrer Enkelin Lisa zu folgen, die ihre Familie im Jahr von Solanas Geburt an die Karibikküste beorderte, um gemeinsam mit Joses Familie in dem großen, sanierungsbedürftigen Kolonialhaus, das ihnen nach der Landreform zugeteilt worden war, sesshaft zu werden. Die Natur wollte Olivia Recht geben und schickte ein Erdbeben, das nicht nur das halbe Haus, sondern die gesamte Küstenregion in Schutt und Asche legte. Landschaften, die in Stunden zu braunem Sumpf wurden, Dächer und Autos durch die Luft gewirbelt, ganze Regenwälder entwurzelt. Solana kannte die Geschichten von den umherfliegenden Dächern und Autos und den reißenden Strömen und Evakuierungen schon seit frühesten Jahren.

An ihrem zehnten Geburtstag kam schon wieder ein gefährlicher Tropensturm, der sich diesmal von der Küste Kolumbiens aus nordwärts bewegte. Ur-Oma Olivia vermachte Solana einen schwarzen würfelförmigen Stein mit spiegelndem Glanz, der sie vor den Dämonen, Stürmen und Flüchen schützen sollte. Olivia war überzeugt, dass alles zugleich auch sein Gegenteil enthielte, das Tote und das Lebendige, das Männliche und das Weibliche, das Vergangene und das Zukünftige seien bloß zwei Seiten des Spiegels und der spiegelnde Stein würde Solana auf ewig mit ihren Schutzgeistern verbinden. Die Schutzgeister könnten in den verschiedensten Formen auftauchen. Meistens seien es Tiere. Der Schutzgeist könne ein Bär oder eine Schildkröte oder sogar ein winzig kleines Insekt sein, und vor den Schutzgeistern brauche man sich nicht zu fürchten. Manchmal kämen die Schutzgeister schon in der menschlichen Welt vorbei, um nach dem Rechten zu schauen, denn Leben und Tod durchdrängen sich ständig. Solana fand das unheimlich, denn sie hatte neulich von einer Zikade geträumt und im Traum auch mit ihr gesprochen. Die Zikade hatte prächtig verzierte goldene Flügel und sprach Spanisch in rhythmischem Singsang, fast wie ein Rapper. Vielleicht war die Zikade ihr persönlicher Schutzgeist? Vielleicht hatte Solana aber auch bloß von der rappenden Zikade geträumt, weil Olivia immer so viel von den Schutzgeistern redete. Man wusste eben nicht, was zuerst da war, der Schutzgeist oder sein Ei.

Der Spiegelstein war im Dunkeln schwarz, doch manchmal funkelte er, zumindest behauptete das Olivia, wie ein kleiner Diamant.

Anfangs mochte Solana den Stein nicht besonders. Viel lieber wollte sie eine Kette aus Silber haben, wie sie Aaliyah trug oder Adelita. Mit zehn trug man keine würfelförmigen Spiegelsteine. Doch als Solana mit den anderen festsaß und die Lehrerin sie aufrief, sich an den Händen zu halten und zu beten, der Hurrikan möge vorüberziehen, da ärgerte sie sich sogar ein bisschen, dass sie den Stein in ihrer Schublade hatte liegen lassen. Wenn er denn wirklich Schutz bot. Denn die Silberkette, die Adelita zur weißblauen Schulkleidung trug, half ihr jetzt auch nicht weiter.

Schon am Morgen wurde die Schule durchgerüttelt. Es fing an, in Strömen zu regnen. Innerhalb von wenigen Stunden stieg die Windgeschwindigkeit auf 80 mph. Sie alle starrten bang aus dem Fenster, und als die Lehrer den überschwemmten Pavillon im Innenhof inspizierten, behauptete Adelita, durch den Hurrikan könnten Haie und Seeungeheuer an Land geschleudert werden. Die Haie würden durch die Luft gewirbelt und alles fressen, was ihnen vor die Kiefer käme. Es habe Orkane gegeben, bei denen ganze Schulklassen von den fliegenden Haien gefressen worden seien. Wie Raubvögel seien sie auf die Kinder herabgestürzt und hätten ihnen die Köpfe abgebissen. Adelita erzählte die Geschichte mit vollem Ernst.

Im Gegensatz zu Olivias Geschichten, deren Wahrheiten sich schwer überprüfen ließen, waren Adelitas Geschichten aber mit höchster Vorsicht zu genießen. Adelita war eine notorische Lügnerin. Wo Olivia sagen würde, die Sonne ist männlich und weiblich, sie enthält das Vergangene und das Zukünftige, würde Adelita einfach behaupten: Die Sonne ist blau.

Trotzdem zählte sie zu den beliebtesten Mädchen der ganzen Schule. Nicht, weil sie besonders schön oder klug war. Aber sie trug den teuersten Schmuck, hatte immer die neuesten CDs und ihre Schuluniform war tadellos. Anders als Solanas Uniform, die von den Choreografien in der Pause ständig zerknittert war und deren Knie fast immer aufgeschürft waren, weil sie dem blöden Hugo hinterherrennen musste und nicht selten dabei hinfiel. Hugo machte sich einen Spaß draus, sich von hinten an sie heranzuschleichen und sie an den Haaren zu ziehen. Solana konnte

Hugo natürlich nicht ungestraft davonkommen lassen und rannte ihm hinterher, um seinen Arsch mal wieder mit ihrem Fuß in Bekanntschaft zu bringen. Hugo mochte es offenbar, wenn Solana ihm in den Arsch trat. Manchmal gluckste er dabei wie ein Huhn. Hugo war nämlich ein bisschen behindert. Hugo hatte auch irgendeine geistige Krankheit, hieß es. Solana passte auf, dass sie ihn nicht zu feste in den Arsch trat, sondern nur so feste, dass es Hugo noch Spaß machte. Einmal hatte sie Hugos Arsch nämlich so richtig grün und blau getreten, woraufhin Hugo heulte wie ein Baby.

Die Lehrerin war stocksauer und schickte Solana zum Nachdenken in den Pavillon, ehe sie Hugos Arsch verarztete. Also ging Solana in den Pavillon und dachte drei Stunden lang über Hugos Arsch nach, der offenbar ein besonderer Arsch war.

Adelitas Arsch war auch ein besonderer Arsch, aber auf eine ganz andere Weise. Da würde garantiert niemand reintreten, und wer ihren Haaren auch nur nahekam, der musste mit dem Tod rechnen. Das wusste jeder. Adelitas Vater war einer der reichsten und gefürchtetsten Männer von ganz Bluefields. Sie gab mit ihrem Vater auch immer an und plapperte seine Geschichten nach.

Sie redete so viel von Haien, da ihr Vater mal einen Hai getötet haben soll, und zwar nicht mit dem Gewehr oder der Harpune, sondern mit bloßen Händen. Der Hai hatte sein Boot angegriffen und Adelitas Vater war aus dem Boot geplumpst und hatte mit dem Hai kämpfen müssen. Angeblich hatte er den Hai in den Schwitzkasten genommen und ihm solange auf den Schädel geschlagen, bis der Hai K.O.

gegangen war. So die Version von Adelita. Die natürlich mit höchster Vorsicht zu genießen war.

Solana konnte die Geschichte natürlich nicht glauben. Kein Mensch könne einen Hai mit bloßen Händen K.O. prügeln, sagte sie. Womit sie sich eine mächtige Feindin geschaffen hatte. Adelita guckte sie nur hochnäsig an, räusperte sich und verkündete vor versammelter Klasse, dass sie Solana fortan boykottieren werde. Boykottieren hieß, dass Solana nicht mehr damit rechnen konnte, sich Adelitas CDs überspielen zu dürfen, die ihr Vater immer mitbrachte. Ihr Vater war nicht nur reich, sondern auch viel unterwegs, und so hatte Adelita immer die neuesten CDs von Ginuwine und Blackstreet und DJ Kool und Destiny's Child, und alle durften sich die CDs überspielen – außer Solana. Es sei denn, Solana würde anerkennen, dass Adelitas Vater ein Haikiller war. Da Solana ein Sturkopf war, stand eine solche Anerkennung außer Frage. Weil Solana aber schlau war, bekam sie die CDs trotzdem überspielt. Nämlich von ihrer Freundin Maria, was Adelita auf keinen Fall wissen durfte, denn das hätte auch Marias sofortigen Boykott bedeutet.

Solana befragte auch ihre Mama wegen der Hai-Sache und die war gleichfalls überzeugt, dass der Verlauf der Geschichte ein ganz anderer war. Sie hielt Adelitas Vater für einen der größten Schaumschläger der gesamten Küste und war der Meinung, dass der seine Geschichten komplett erfunden haben musste. Das Schlimme aber sei, dass es ein solcher Maulheld zu so großem Reichtum gebracht hatte. Ein Zeichen dafür, dass sich die dümmsten Fischer wieder die dicksten Fische schnappten, und vor allem dafür, wie viel gerade schieflaufe in diesem Land.

Adelitas Vater war schnell auf die Linie der neuen Regierung um Arnoldo Alemán umgeschwenkt, der mit deutscher Strenge regierte und insbesondere die eigenen Interessen und die der alten Kolonialherren im Blick hatte. Es hieß sogar, Adelitas Vater verwaltete Briefkastenfirmen für die Europäer, und das war nicht nur ein Gerücht, das sich hielt, sondern eine Geschichte, die nach Meinung von Lisa López definitiv wahr war. In ihren Augen war er ein Opportunist, der sich wie ein Esel vor jeden Karren spannen ließ.

Wo Solana ihren würfelförmigen Spiegelstein trug, bekam Adelita echte Silberketten und fächelte sich Luft mit Fächern aus Seide zu. Solana gelangte schon früh zu der Erkenntnis, dass die Götter verrückt sein mussten. Warum hatten manche Menschen Glück und andere immer Pech? Warum kamen manche durch Lügen zu Glück? Das war doch eine himmelschreiende Ungerechtigkeit. Es gab so viele Menschen, denen ernsthaftes Pech passierte, obwohl sie niemals Böses taten. So wie Hugo ernsthaftes Pech hatte, weil er einen besonderen Arsch hatte. Wofür er nichts konnte. Aber es war natürlich großes Pech.

In dem Moment konnte Solana nicht wissen, dass Olivia gerade den Schutz aller guten Geister genoss und großes Glück hatte. Denn wenige Tage, nachdem sie im Dauerregen gebetet hatten, dass nicht das Schuldach weggerissen werde, da wurde ihr Heimatdorf im Nordwesten des Landes von Strömen aus Schlamm und Geröll verschüttet und hunderte Menschen wurden nie wieder gesehen. Dass sich Solanas Ur-Oma in Bluefields befand, war also ein Segen, denn sonst wäre sie sicher tot gewesen.

Solana fliegt durch die pechschwarzen Wolken hindurch. Die Blitze vollführen einen makabren Tanz am Fenster. Die Wolken sehen aus wie Aschewolken. Sie fliegen mit sechshundertfünfzig Meilen pro Stunde. Die zweistrahlige Cessna ist der schnellste Business-Jet der Welt, da sie Rolls-Royce-Triebwerke hat. Solana rechnete, dass sie gegen zweiundzwanzig Uhr Ortszeit in New York sein müssten.

Sie fläzt sich in einem der acht eierschalenfarbenen Ledersitze. Das Bordunterhaltungssystem hat sie ausgeschaltet. Es ist ihr von der ersten Sekunde an auf die Nerven gegangen. Sie trägt eine cremefarbene Bomberjacke von Raf Simons, darunter einen schneeweißen Hoodie. Zum ersten Mal seit Jahren trägt sie wieder die Kette mit dem würfelförmigen Spiegelstein. Denn einen kleinen Schutzgeist kann sie gerade gut brauchen, und sei es nur eine winzige Zikade.

Eigentlich kann sie nicht dösen, aber sie muss jetzt. Trotzdem bereut sie es, dass sie die halbe Tablette genommen hat, weil die Tablette einen am nächsten Tag immer total matschig macht. Als sie das letzte Mal in Turbulenzen gekommen waren, hatte Ana gesagt, bei einem Blitzeinschlag könne gar nichts passieren, da der Rumpf des Flugzeugs wie ein Faraday'scher Käfig sei. Einen Blitzeinschlag würde man innendrin nicht mal merken. Solana wusste zwar nicht mehr genau, was ein Faraday'scher Käfig war, da sie wie jeder normale Mensch im Physikunterricht immer gepennt hatte, aber sie glaubte Ana die Geschichte und war etwas beruhigt.

Sie scrollt durch ihre Musik und entscheidet sich für *At.Long.Last.A$AP* von A$AP Rocky. Sie mag die sanfte Stimme von A$AP Rocky und sie mag den tranceartigen Vibe des Albums. Ihr Lieblingslied ist *L$D*, wo A$AP einen Trip eingebaut hat und auf zuckersüße Weise nach Wörtern sucht, seine Liebe zu teilen, seine Angebetete ins Hippieleben einzuführen und nur noch schmusen will zu den schönen Lichtern. Solana schaltet die Kabinenbeleuchtung aus. Sie würde jetzt auch gerne schmusen, aber alleine ist schmusen ein bisschen schwierig. Mit Ana würde sie jetzt gerne schmusen oder mit Fanta oder Ninja, selbst mit Ty würde sie schmusen, weil Ty schon ganz gut schmusen kann, auch wenn er ein Idiot ist, und gestorben ist er ja auch. Stattdessen schmust sie sich allein in ihr Kissen. Sie umklammert es ganz fest mit beiden Armen. *I get a feelin' it's a trippy night*, croont A$AP Rocky zum weißen Flackern am Fenster, und noch ehe er zum Refrain ansetzen kann, ist Solana weggedämmert.

ZWEITER TEIL

11

Man sagt, auf Uranus regne es Diamanten vom Himmel. Durch starken Druck würden die Kohlenwasserstoffverbindungen unter der Gashülle getrennt und kristallisierten zu kilometergroßen Edelsteinen, die über tausende und abertausende von Jahren ins Innere des Planeten tröpfelten. Wie Vanillesauce in einen gigantischen Eisbecher. Die Diamanten seien die größtmöglichen, die es im uns bekannten Universum gebe. Es heißt, auf Uranus sei jeder reich, gleichzeitig sei es aber so kalt, dass man auf der Stelle erfröre und sich vom Reichtum nichts kaufen könne.

Der Junge hat sich gut vorbereitet. Er hat ein Feuer gemacht und trägt einen gut gefütterten lila Frotteetrainingsanzug von Nike. Er hat blonde, zerzauste Haare, die ihm in alle Richtungen abstehen. Man würde ihn auf dreizehn, höchstens vierzehn schätzen. Er hat dunkle trübe Augen und weiche Gesichtszüge. Das Feuer wirft keinen Schatten. Das hat er überprüft. Wenn das Feuer keinen Schatten wirft, bedeutet das: Der Geist ist gut.

Sie hat eine weiße Kapuze über den Kopf gezogen und riecht nach gebrannter Vanillecreme. Nicht nach irgendeiner gebrannten Vanillecreme, sondern der von Tante Audrey. Tante Audrey hatte die gebrannte Vanillecreme immer selbst gemacht, mit Zimt und einem ganz speziellen Brandy, den er eigentlich gar nicht trinken durfte, und außerdem so viel braunen Zucker drin, dass der Löffel darin stand wie in Beton. Auch ihre weißen Turnschuhe riechen nach Vanillecreme. Das kann eigentlich nicht sein. Vielleicht spielt seine Nase ihm da auch einen Streich. Er hat Tante Audrey schließlich seit Jahren nicht mehr gesehen und mindestens so lange auch keine gebrannte Vanillecreme.

»Was machst du da? Bist du behindert?«

Tatsächlich. Sie spricht. Wie ein echter Mensch.

Sie zieht panisch ihre Füße zurück und umklammert sie mit beiden Händen. Sie guckt ihn an, als wäre er wirklich behindert.

»Alter, ich box dir gleich eine, wenn du noch mal an meinen Füßen schnüffelst. Was geht ab bei dir?«

Sie betrachtet wutentbrannt ihre Schuhe, als hätte er da irgendwas drangemacht mit seiner Nase. Dabei waren die Schuhe auch vorhin schon verdreckt. Sie sehen aus, als wäre sie tagelang durch Sümpfe von gebrannter Vanillecreme gewatet. Außerdem hat er die Schuhe gar nicht berührt mit seiner Nase. Ihre Stimme ist ganz anders, als er sie sich vorgestellt hat. Gar nicht so sanft wie in den Liedern. Aber sie ist echt. Da gibt es keine Zweifel. Sie bewegt sich. Sie tastet das feuchte Gras ab.

»Wo ist mein Handy hin?«

»Das ist die erste Frage, die du dir stellst?«, fragt er mit einem unsicheren Lächeln.

»Ich habe es vorhin noch in der Hand gehabt.«

»Ich fürchte, dein Handy kannst du vergessen.«

»Was meinst du damit?«

»Ich fürchte, dein Handy ist Schrott.«

»Ich muss meine Mutter anrufen. Ich habe gesagt, dass ich mich melde, sobald wir gelandet sind.«

»Hier gibt es aber kein Handy weit und breit. Ich fürchte, dein Handy ist ein kaputter Klumpen Aluminium und Plastik.«

»Alter, du bist gleich ein kaputter Klumpen. Was hast du mit meinem Handy gemacht?«

In natura wirkt sie viel größer als auf den Bildern. Sie ist 1,77 Meter groß, was ja schon ziemlich groß ist, und ziemlich kräftig für ein Mädchen. Ihre Augen funkeln. Sie sieht aus, als hätte er gleich wirklich eine Beule.

»Nichts habe ich mit deinem Handy gemacht. Das Feuer hat höchstens was mit deinem Handy gemacht«, stammelt er.

»Das Feuer? Bist du behindert? Hast du zu viel an meinen Schuhen geschnüffelt?«

Er atmet einmal tief ein und einmal tief aus und bemüht sich um eine klare Stimme, was gar nicht so leicht ist.

»Bin ich nicht. Ich habe manchmal kleine Krampfanfälle und einmal hatte ich sogar einen richtigen epileptischen Anfall und habe keine Luft mehr gekriegt. Der ging aber wieder weg und ich bin nicht behindert. Und selbst wenn ich behindert wäre, wäre das kein Grund, mich behindert zu nennen. Fändest du es schön, wenn man dich immer behindert nennen würde?«

Doch sie geht gar nicht auf seine Einwände ein. Stattdessen schaut sie sich irritiert um.

»Gibt es denn hier irgendeinen Ort, wo man telefonieren kann? Wo auch normale Menschen sind? Eine Lounge, oder so was? Ich muss noch meine Sachen aus dem Flieger holen.«

»Eine Lounge?«

»Halt irgendwas, wo man auch einen Drink kriegt.«

Himmel, die checkt ja nichts mehr. Sie müsste doch riechen, dass es hier keine Lounge geben kann, denkt er.

»Ich fürchte, hier gibt es keinen Drink. Und deine Sachen musst du auch nicht mehr aus dem Flieger holen. Deine Sachen sind verbrannt. Alles ist verbrannt. Das Einzige, was nicht verbrannt ist, bist du.«

Er macht Pausen zwischen den Sätzen, um ihr die Neuigkeit schonend, aber möglichst deutlich zu beibringen. Ehe er hinzufügt: »Und ich bin nicht behindert.«

Er versucht, ihr nicht zu lange in die Augen zu gucken, weil ihre Augen immer noch funkeln, als wenn da grünes Gift drin wäre. Auch ihre Stimme klingt giftig.

»Was für ein Scheiß geht hier ab? Wieso sollen meine Sachen verbrannt sein?«

»Du verstehst es nicht, oder?«

»Was verstehe ich nicht?«

»Schon gut. Du solltest vielleicht einen Schluck Wasser trinken.«

Er greift in seinen Rucksack und reicht ihr eine metallene Feldflasche.

Sie betrachtet die Flasche von allen Seiten. Als hätte sie noch nie eine Feldflasche gesehen. Dann dreht sie sie auf und trinkt einen großen Schluck. Anschließend betrachtet sie ihn. Sie guckt schon etwas weniger wütend, aber immer noch ungläubig.

»Wer bist du überhaupt?«

»Ich bin Alfie.«

»Was ist das denn für ein Name?«

»Alfie ist eben mein Name. Alfie ist ein englischer Name.«

»Du bist aus England?«

»So halb. Meine Mutter war Engländerin. Mein Vater stammt aus Deutschland.«

»Das heißt, deine Mutter ist tot?«

»Ja, sie ist vor drei Jahren gestorben. Sie hatte Kopfkrebs. Sie ist an ihrem kranken Kopf gestorben.«

Er schaut nachdenklich ins Feuer. Soll er ihr die Wahrheit sagen? Nein. Nicht, solange sie so gemein ist. Hätte er gewusst, dass sie so gemein ist, dann hätte er sie gar nicht erst hier rübergeholt, denkt er. Ganz sicher nicht.

»Das tut mir leid, Alfie.«

»Ja, mir tut es auch leid.«

»Okay, jetzt mal ganz langsam: Was ist hier los? Das ist kein richtiger Flughafen, oder?«

»Du hast wahrscheinlich einen Schock, Solana. Die Hauptsache ist, dass du hier bist. Das ist das Wichtigste. Und nein, das ist kein richtiger Flughafen«, sagt er.

»Was ist denn passiert?«

»Ihr hattet einen Unfall. Siehst du den Gletscherberg dort hinten? Ihr seid voll in den Gletscher gekracht.«

Er deutet mit dem Finger weit hinter das Feuer.

»Deswegen ist auch dein Handy verbrannt. Deswegen ist alles verbrannt. Deswegen hast du wahrscheinlich auch einen Schock und denkst, ich sei behindert.«

»Ich sehe überhaupt nichts. Das Einzige, was ich sehen kann, ist Nebel. Du verarschst mich doch. Wenn wir in einen Gletscher gekracht wären, hätte ich das doch mitgekriegt.«

»Ich fürchte, du hast nicht mehr so viel mitgekriegt. Du hattest Glück. Er nicht.«

»Er nicht? Was meinst du damit? Wo ist der Pilot hin?«

»Er ist schon hinter der Grenze. Sei froh, dass ich dich retten konnte. Seinen Geist konnte ich nicht mehr retten.«

Er schaut in den rosafarbenen Nachthimmel, betrachtet die tanzenden Lichter. Sie guckt ihn nur an, als sei er geisteskrank.

»Seinen Geist? Bist du beh... ich meine, hinter welcher Grenze soll er denn bitte sein?«

Doch er weicht ihrem Blick aus und schweigt. Sie atmet resigniert aus und legt sich flach auf den Rücken.

»Okay, es ist völlig klar, dass ich träume. Bloß dass es sich anfühlt, als wäre es real. Wahrscheinlich habe ich einfach zu viel gekifft in der letzten Zeit. Bestimmt liege ich immer noch im Flieger und schlafe. Warte, ich muss kurz die Hände zur Faust ballen, dann wache ich auf.«

Sie presst ihre Finger fest zusammen und schließt die Augen. Nach ein paar Sekunden öffnet sie sie wieder und schaut sich enttäuscht um.

»Scheiße, du bist immer noch hier.«

»Ja, ich bin immer noch hier«, murmelt er leise.

»Du willst mir also erzählen, dass das Flugzeug abgestürzt ist? Und du ... mich da rausgeholt hast? Das glaubst du doch selbst nicht.«

»So einfach ist es auch nicht. Ich weiß, es muss sich komisch anfühlen. Weil noch alles ganz neu für dich ist. Wahrscheinlich bist du einfach überfordert.«

»Du überforderst mich gerade ziemlich. Wie kann es sein, dass hier nirgendwo Menschen sind? Alles ist ein einziger Nebel. Was ist das hier überhaupt für ein Ort?«

»Du solltest dich ausruhen. Du solltest vielleicht wirklich versuchen, ein bisschen zu schlafen.«

»Ich kann aber nicht schlafen, ich muss nach New York.«

»Das wird aber schwierig heute Nacht. Die nächste Stadt ist Qaqortoq«, entgegnet er. »Das ist zwanzig Meilen im Süden an der Küste. Vielleicht sogar fünfundzwanzig. Ansonsten ist hier nichts.«

»Qaqor... was? Welche Küste? Wie weit ist es bis New York?«

»Ich fürchte, bis New York ist es noch ein Stückchen, Solana.«

»Kannst du bitte einmal wie ein Normalsterblicher reden? Wie weit genau?«

»Mindestens zweitausend Meilen.«

»Zweitausend Meilen? Wo sind wir denn hier?«

»Wir sind in Grönland.«

»Willst du mich verarschen? Du meinst das mit den Eisbären?«

Jetzt guckt er etwas verwirrt.

»Hier gibt es manchmal Eisbären. Aber hauptsächlich an der Küste. Also auf keinen Fall hier. Nicht in unserem Bereich. Du brauchst keine Angst haben. Du solltest wirklich ein bisschen schlafen. Morgen werden wir weitersehen.«

»Du machst Witze, oder?«

»Ich mache keine Witze.«

»Was machst du überhaupt hier? Wenn hier weit und breit nichts ist?«

»Das ist eine lange Geschichte.«

Zum ersten Mal guckt sie ihn an, als sei er ein richtiger Mensch. Doch dann wird sie gleich wieder gemein.

»Hat dir eigentlich schon mal jemand gesagt, dass du ziemlich seltsam bist?«

»Kann schon sein. Aber nicht hier. Weil, hier ist ja auch niemand. Deswegen kann mir auch niemand erzählen, dass ich ziemlich seltsam bin. Verstehst du? Außer dir vielleicht. Aber damit konnte man ja nicht rechnen, dass du plötzlich hier auftauchst. Das war ziemlich unwahrscheinlich.«

»Du bist auch ziemlich unwahrscheinlich. Bitte sage mir, dass das ein Witz ist. Ich flehe dich an. Das kann doch nicht wahr sein.«

»Ich fürchte, das ist kein Witz, Solana.«

»Alter, kannst du mal aufhören mit deinem scheiß Fürchten? Du machst mich wahnsinnig.«

»Entschuldige. Ich fürchte, ich rede manchmal ein bisschen komisch. Die Leute sagen oft, dass ich komisch rede. Vor allem mein Vater.«

»Das glaube ich gern. Wie alt bist du überhaupt?«

»Ich bin fünfzehn.«

»Du dürftest doch gar nicht hier sein. Hier muss doch irgendwo ein Erwachsener sein. Das gibt's doch nicht. Wo ist denn dein Vater?«

»Ich weiß nicht, wo mein Vater ist. Es interessiert mich auch nicht, wo mein Vater ist.«

»Bist du etwa weggelaufen von Zuhause?«

Er tut so, als hätte er die Frage nicht gehört.

»Alfie?«

»Was ist?«

»Bist du weggelaufen von Zuhause?«, wiederholt sie die Frage in einem Ton, als wären sie in dem weißen Zimmer.

»Kann man so nicht sagen. Es gibt kein Zuhause. Also kann ich auch nicht weglaufen von Zuhause.«

»Aber du hast einen Vater. Der muss doch irgendwo sein.

Und wo dein Vater ist, da ist auch dein Zuhause. Jeder hat ein Zuhause. Hier muss doch irgendjemand sein, der mir helfen kann.«

»Keine Ahnung. Bist du hier, um mich zu nerven? Ich habe dich da rausgeholt, und du machst hier einen auf Dr. Larsen. Ich dachte, du seist vielleicht cool. Ich hatte zumindest gehofft, du seist cool.«

»Hä? Was für einen Trip fährst du denn? Wer ist Dr. Larsen?«

»Niemand ist Dr. Larsen«, antwortet er grimmig.

»Niemand läuft einfach so in den Nebel. Bist du vor deinem Vater weggelaufen?«

»Mein Vater ist ein Idiot«, brummt er in abweisendem Ton.

»Was hat er denn getan?«

Wieder schweigt er.

»Ich verstehe kein Wort. Wenn das Flugzeug wirklich abgestürzt ist, muss es doch irgendwo Spuren geben. Aber ich sehe nichts. Irgendwas stimmt doch hier nicht.«

»Ich habe einfach keinen Bock auf die.«

»Wer sind die?«

»Na, die halt.«

»Okay, ganz ruhig jetzt«, atmet sie wieder tief durch. »Gib mir mal deine Hand.«

Sie nimmt seine Hand.

»Und guck mir in die Augen.«

»Ich guck doch in deine Augen.«

»Nein, du guckst nicht in meine Augen. Du weichst meinem Blick aus. Die ganze Zeit schon. Du guckst, als wärst du ...«

»Behindert?«, fragt er entrüstet.

»Nein, als wärst du aus einer ganz anderen Welt. Als wärst du gar nicht richtig hier. Guck in meine Augen, Alfie. Hier ist die Welt.«

Sie deutet auf ihre Augen. Ihr Blick ist schon etwas menschlicher geworden. Sie guckt nicht mehr ganz so, als hätte er gleich eine Beule.

»Hör zu, ich muss irgendwie in die nächste Stadt kommen, sobald es hell ist. Ich muss den Piloten finden. Hinter welcher Grenze er auch immer sein soll. Du sagtest was von Qaqor... wie weit war das? Zwanzig Meilen? Das ist nicht weit. Wenn es hell ist, wirst du mich dorthin bringen. Und ich werde dir helfen. Es ist wahrscheinlich alles ein bisschen kompliziert. Aber ... irgendwie kriegen wir das schon hin. Versprichst du mir das?«

»Qaqortoq liegt unten an der Küste. Es ist gar nicht so einfach, da hinzukommen. Wir müssen durch das Gebirge und dann mit dem Boot rüber. Wenn wir ein Boot finden. Das schaffen wir nicht in ein paar Stunden. Vielleicht in ein, zwei Tagen, aber nicht morgen. Außerdem will ich nicht nach Qaqortoq.«

»Wie meinst du das, du willst nicht nach Qaqortoq?«

»Na so, wie ich es gesagt habe. Ich will nicht nach Qaqortoq«, antwortet er gereizt.

»Du kannst mich doch nicht hier im Nirgendwo lassen. Ich habe überhaupt keine Ahnung, wo wir sind.«

»Wir werden schon einen Weg finden. Aber du solltest dich ausruhen. Versuche, ein bisschen zu schlafen.«

Sie hält plötzlich inne.

»Was ist das an deinem Unterarm?«

Er zieht schnell die Hand weg und versteckt sie zwischen den Beinen.

»Gib mir noch mal deine Hand.«

»Da ist nichts an meiner Hand.«

»Ich meine auch nicht an deiner Hand. Ich meine an deinem Unterarm.«

»Da ist auch nichts an meinem Unterarm.«

»Da waren Narben an deinem Unterarm. Hast du ...?«

»Da sind keine Narben. Es geht dich überhaupt nichts an, was an meinem Unterarm ist. Du nervst voll.«

»Hast du etwa versucht, dir die Pulsadern ...?«

»Hör auf, mich so auszufragen. Du kennst mich doch überhaupt nicht. Du tauchst hier einfach so auf und ...«

»Ich tauch hier einfach so auf?«, unterbricht sie ihn. »Hast du einen Hirnschlag? Ich habe überhaupt keine Ahnung, was passiert ist, und versuche herauszufinden, was mit dir los ist. Aber du stellst dich an wie ein gestörtes kleines Kind. Als wärst du gerade aus der Klapse entlaufen. Als ob ich keine eigenen Probleme hätte. Von mir aus schneide dir doch die Hand ab, wenn es dir Spaß macht.«

»Ja, vielleicht macht es mir ja Spaß«, antwortet er wütend. »Es gibt nichts, was mir mehr Spaß macht. Es ist ja auch das Einzige, was man hier machen kann.«

In seinen Augen sammeln sich Tränen. Er versucht, die Tränen zu unterdrücken. Aber zu spät.

»Hey, so habe ich das nicht gemeint. Ich wollte nicht ... oh fuck. Das kann doch nicht wahr sein. In was bin ich hier reingeraten?«, flüstert sie leise vor sich hin, ehe sie sich wieder an ihn wendet.

»Ich meine, wenn du mir nicht erzählen möchtest, was

los ist, ist das schon okay. Vielleicht möchtest du es mir ja morgen erzählen. Oder ein andermal.«

Er schnieft immer noch und schluckt einmal kräftig herunter. Dann nickt er.

»Vielleicht hast du Recht und wir sollten uns wirklich ein bisschen ausruhen. Ein bisschen runterkommen. Warten, bis dieser verfluchte Nebel weg ist. Wie lange ist es noch bis Morgen?«

»Keine Ahnung. Ein paar Stunden. Ich glaube, es sind noch ein paar Stunden bis Morgen.«

»Dann lass uns wirklich versuchen, ein paar Stunden zu schlafen. Okay? Vielleicht ist das gar keine schlechte Idee«, sagst sie, ehe sie leise mit sich selbst redend hinzufügt: »Und morgen ist dann alles wieder ganz normal.«

Er kauert sich vor das Feuer. Sie zögert ein wenig, legt sich dann aber tatsächlich hinter ihn. Er kann sogar ihren Atem in seinem Nacken spüren. Er ist fast wie ein menschlicher Hauch. Das kann ja eigentlich nicht sein. Aber es ist ein beruhigender Hauch. Es fühlt sich richtig schön an. So schön hat es sich lange nicht mehr angefühlt. Das Monster ist weit weg. Der Sonnenwind bringt die Atome der Luft zum Leuchten. Grün und rosafarben kann man sie jetzt in der Ferne sehen. Es sieht aus wie ein pyrotechnisches Meisterwerk.

12

Er überlegt und überlegt. In einem Interview hatte er gelesen, dass sie schon morgens Pizza essen könne, dass kalte Pizza vom Vorabend das beste Frühstück überhaupt sei. Aber wo um Himmels Willen soll man denn hier bitte eine Pizza herkriegen? Er entscheidet sich für gebackene Bohnen und gebratenen Speck. Den Speck brät er in einer kleinen Pfanne. Die gebackenen Bohnen kommen aus der Dose. Man kann sie am Feuer aufwärmen. Den Toast kann man auch gut am Feuer rösten. Er spießt mehrere Toastscheiben auf und hält sie über die Flammen, während er mit der anderen Hand die Pfanne schwenkt. Ihm gefällt der Gedanke, dass sie vom Brutzeln des Specks wach werden könnte. Verstohlen schaut er zu ihr hinüber.

Tatsächlich.

Sie wird wach.

Vom Brutzeln des Specks.

Sie wischt sich den Schlafdreck aus den Augen und gähnt laut.

»Ich habe uns Frühstück gemacht. Es gibt Toast und Speck und gebackene Bohnen.«

»Du bist immer noch hier.«

»Ja, ich bin immer noch hier«, murmelt er etwas enttäuscht darüber, dass sie sich gar nicht freut über das tolle Frühstück. Dann aber setzt sie ein vorsichtiges Lächeln auf.

»Du hast wirklich Frühstück gemacht. Wo hast du das denn hergezaubert?«

»Ich habe immer was dabei. Für Notfälle«, entgegnet er etwas verlegen.

»Wow, du hast immer Frühstück dabei? Für Notfälle? Okay, vielleicht sollte man sich wirklich an dich halten. Danke, Alfie. Du wirst es nicht glauben, aber ich habe tatsächlich einen Riesenhunger.«

»Das ist gut. Wenn du Hunger hast, heißt das, dass es dir besser geht. Das ist ein gutes Zeichen.«

Er reicht ihr eine Dose Bohnen und eine Scheibe Toast mit gebratenem Speck, frisch aus der Pfanne, die Solana in einem Zug runterschlingt. Anschließend macht sie sich über die Bohnen her. Er betrachtet sie zufrieden beim Essen. Sie sieht schon viel besser aus als gestern, findet er, auch wenn sie noch Spuren von Ruß in ihrem Gesicht hat.

»Du schmatzt.«

»Was?«

»Ich sagte, du schmatzt. Das ist gut. Schmatz ruhig. Es heißt, dass es dir schmeckt und dass du auf dem Weg der Besserung bist. Das ist gut.«

»Das ist nicht gerade charmant, jemandem zu sagen, dass er schmatzt«, schmatzt Solana mit vollem Mund.

»Ich fürchte, es gibt gerade wichtigere Dinge, als charmant zu sein. Und schmatzen steht dir. Warte, ich schmatze mit.«

Er schiebt sich einen großen Löffel Bohnen in den Mund und gibt übertriebene Schmatzgeräusche von sich.

»Ich fürchte, wir werden nicht mehr jeden Morgen gebackene Bohnen essen können. Das war nämlich die vorletzte Dose.«

Er deutet auf die Dose, die sie in den Händen hält.

»Da wir jetzt zu zweit sind, werden wir uns die Vorräte besser einteilen müssen.«

»Alfie, ich kann nicht bei dir bleiben. Wahrscheinlich suchen sie schon nach mir. Du musst mich in die nächste Stadt bringen. Du sagtest irgendwas von zwanzig Meilen. Das ist nicht weit. Du musst mir helfen. Verstehst du mich?«

»Ich kann dich nicht nach Qaqortoq bringen. Aber ich kann dich in die Nähe bringen. Da ist eine kleine Siedlung in der Nähe. Von da aus kommst du nach Qaqortoq.«

Sie atmet erleichtert auf. Er holt eine Karte aus seinem Rucksack.

»Ich zeige es dir. Wir müssen durch das Gebirge hier. Wir werden ein bisschen klettern müssen. Ich hoffe, das geht mit deinem Bein.«

Er zeigt auf Solanas Knie, wo sie ein Loch in der Hose hat, durch das man eine verkrustete Wunde sieht.

»Das ist ein bisschen aufgekratzt, aber es geht schon. Mach dir keine Sorgen, ich kann laufen«, beharrt sie.

»Bist du sicher? Weil, wenn wir gut durchkommen, können wir es heute bis zum alten Augustinerkloster schaffen. Das ist hier.« Er deutet auf einen kleinen Punkt auf der Karte in der Mitte des Weges. »Da können wir rasten. Es wird ja schnell wieder dunkel.«

»Es gibt ein Kloster?«

»Ja. Ist aber nur noch eine Ruine. Die Mönche haben es im vierzehnten Jahrhundert oder so gebaut. Wahrscheinlich, um die Inuit zu Jesus zu bekehren. Es ist ziemlich verfallen, aber es gibt Reste einer Kapelle, in der man schlafen kann. Im Sommer sind da viele Touristen, aber jetzt geht es eigentlich. Ich habe erst vor ein paar Tagen da übernachtet. Morgen können wir es dann vielleicht bis zur Siedlung schaffen. Die ist hier.«

Er deutet auf einen anderen Punkt weiter unten an der Küste und faltet die Karte wieder zusammen.

»Wir sollten gleich aufbrechen.«

»Alfie?«

»Ja?«

»Stimmt es wirklich, dass du mich da rausgeholt hast?«

»Du glaubst mir noch immer nicht, oder?«

Wieder guckt er etwas enttäuscht.

»Doch, ich glaube dir. Ich glaube zumindest, dass du mir helfen willst. Ich habe mich noch gar nicht richtig bedankt, oder? Wahrscheinlich war ich ziemlich eklig zu dir gestern. Es tut mir leid, wenn ich gesagt habe, dass du behindert ...«

»Ist schon okay«, unterbricht er. »Und es tut mir leid, wenn ich gesagt habe, dass du nervst. Du nervst gar nicht so sehr, glaube ich.«

»Glaubst du?«

»Glaube ich«, bestätigt er nickend, ohne auf den mokanten Unterton in ihrer Stimme einzugehen.

»Eigentlich bin ich ganz froh, dass du hier bist. Also, was ich sagen will: Es ist eigentlich ganz schön mit dir hier.«

»Danke. Du hast nicht zufällig eine Serviette?«

Solana deutet auf ihren Mund. Ihr Mund ist komplett mit Tomatensauce verschmiert. Sie ist bis über beide Ohren bekleckert. Wie ein kleines Kind, das nicht mal vernünftig essen kann.

»Eine Serviette? Nein, ich habe leider keine ...«

»Alfie? Das war ein Witz. Du solltest ein bisschen lockerer

werden. Wir sollten vielleicht beide ein bisschen lockerer werden. Die Situation ist ja absurd genug.«

»Klar, lockerer werden. Aber warte, ich kann das wegmachen.« Er beugt sich vor und tupft die Saucenreste vorsichtig und konzentriert mit dem unteren Zipfel seiner Decke ab. Dann begutachtet er sie zufrieden. »So, alles wieder sauber.«

»Wann hast du die Decke eigentlich das letzte Mal gewaschen?«

»Keine Ahnung. Ich fürchte, das ist ein paar Wochen her.«

»Und wann warst du das letzte Mal beim Friseur?« Solana deutet auf seine Haare.

»Keine Ahnung. Ich fürchte, das ist auch ein paar Wochen her.«

»Du fürchtest, du fürchtest. Was mache ich bloß mit dir?«

Doch er geht nicht mehr auf ihre Neckereien ein. Es macht doch keinen Sinn. Soll sie ihn ruhig necken. Sie checkt ja eh nicht, was Sache ist.

»Aber du warst beim Friseur. Sieht cool aus. Ich finde es wirklich gut. Es steht dir.«

Sie streicht sich mit der Hand über den Kopf.

»Ach das? Habe ich fast wieder vergessen. Ja, sieht wohl ganz cool aus. Bin ein richtiges Frühlingsopfer.«

»Du bist überhaupt kein Opfer. Es sieht cool aus. Wirklich«, wiederholt er. »Richtig cool sogar.«

Dann macht er sich an seinem Rucksack zu schaffen und verstaut Geschirr, Feldflasche und Decke. Er will los, damit sie am Kloster sind, bevor es Abend wird.

Die beiden machen sich auf den Weg. Doch der Weg durch die Berge ist gar nicht so leicht. Es geht abwechselnd rauf und runter. In manchen Tälern sind kleine Seen und

Fjorde, die man weitläufig umgehen muss. Unermüdlich wandern sie durch die Hügellandschaft. Sie passieren Felsen, die von wilden Moosen, Farnen und Gräsern überwuchert werden. Weiße Pflanzenfelder, deren Blüten aussehen wie Baumwolle und deren Duft penetrant in der Nase kitzelt. Steinformationen aus Quarz, die rötlich im Sonnenlicht schimmern. Ab und an kreuzen sie einen kleinen Bach mit kristallklarem Wasser, aus dem man Trinkwasser nachfüllen kann.

Er läuft vorneweg, den großen Rucksack auf seinen Rücken geschnallt. Sie laufen und klettern den ganzen Tag lang schweigend durch. Manchmal schaut er sich um, um sicherzugehen, dass sie noch bei ihm ist. Sie ist in Gedanken versunken, scheint durch die Landschaft zu schweben.

Kurz bevor es dunkel wird und sie den wahrscheinlich siebzehnten oder achtzehnten Gipfel der endlosen Hügellandschaft erklommen haben, kann man im nächsten Tal die Ruine des alten Klosters erkennen. Die Torbögen werden vom Nebel verdeckt, der mit der frühen Dämmerung wieder aufzieht. Der Großteil des gotischen Bauwerks besitzt kein Dach mehr und wird von Gräsern und Büschen umrankt.

»Wir sind da.«

»Wer baut hier denn bitte ein Kloster hin? Was soll das? Ist das nicht total bescheuert?«, fragt Solana.

Er zieht seinen Rucksack ab und wirft sich ins Gras.

»Keine Ahnung. Augustiner halt.«

»Und was wollten die Augustiner hier?«

»Ich weiß nicht genau. Ich glaube, das waren Bettelmönche. Die haben gebettelt und gebetet. Viel mehr macht man ja nicht als Mönch.«

»Wen willst du denn hier anbetteln? Ich habe nicht ein einziges Lebewesen gesehen.«

Er antwortet nicht und blökt stattdessen wie ein Schaf. Schon als Kind konnte er gut Tiere nachmachen. Dann blökt er noch mal. Doch keine Antwort. Nicht mal ein Echo.

»Manchmal sind Schafe in der Nähe, die sich verlaufen haben. Es gibt eine Schafsfarm. Aber die ist noch ein paar Meilen runter. Hier hat man meistens seine Ruhe. Wir sollten ein Feuer machen.«

Er hat in Minutenschnelle ein kleines Lagerfeuer errichtet, legt die Decke auf den Boden und fordert sie auf, Platz zu nehmen. Dann kramt er aus seinem Rucksack mehrere Dosen hervor.

»Du hast die Wahl. Es gibt getrockneten Fisch. Oder Makkaroni mit Käse. Oder Reissuppe. Ich fürchte, wir haben nicht mehr viel Auswahl.«

»Ich fürchte, du bist ganz gut versorgt, Alfie. Daraus lässt sich doch sicher was machen.«

»Du musst wissen, die Reissuppe isst man eigentlich mit Robbenfleisch.«

»Igitt. Ich schwöre, ich esse auf gar keinen Fall Robbenfleisch. Egal, wie viel Hunger ich habe.«

Solana hebt die Hand zum Schwur.

»In der Suppe ist ja auch kein Robbenfleisch drin. Das Robbenfleisch serviert man extra zu der Suppe. Zumindest die Einheimischen machen das so.«

»Warum bist du überhaupt hier, wenn du kein Einheimischer bist?«

»Mein Vater hatte einen Job oben in der Goldmine. Er hat als Ingenieur gearbeitet. Ich konnte ja schlecht alleine in England bleiben. Also musste ich mit. Jetzt bin ich eben hier.«

»Es gibt eine Goldmine?«

»Gab. Es gab eine Goldmine. Sie wurde vor zwei Jahren geschlossen. Seit dem Vorfall mit ...«

Er zögert.

»Was für ein Vorfall?«

»Willst du lieber Makkaroni oder Reissuppe?«

Er hält zwei Dosen in der Hand.

»Du kannst aber auch Fisch. Wenn du möchtest. Kabeljau. Getrocknet. Der ist wie frisch. Wirklich. Kabeljau ist der beste Fisch.«

»Die Makkaroni sind mit Käse? Dann auf jeden Fall Makkaroni.« Sie deutet auf die Dose.

Er öffnet sie zum Aufwärmen am Feuer.

»Was für ein Vorfall, Alfie?«

»Es gab einen Brand. Mehrere Arbeiter starben an Cyanid-Vergiftung. Das Gold wurde mit Cyaniden abgebaut. Man nennt das CIP-Verfahren. Das bedeutet Carbon-in-Pulp. Das Gestein wird in Cyanidlaugenbädern aufgelöst, wodurch das Gold freigelegt wird. Das ist extrem gefährlich, weil Cyanide hochgiftig sind. Mein Vater war für die Sicherheit verantwortlich. Bei dem Brand ist alles schiefgelaufen, was schieflaufen kann. Die Arbeiter haben große Mengen an cyanidhaltigem Rauch eingeatmet und sind krepiert. Mein Vater hatte auch eine Vergiftung, aber ihn konnten sie retten. Seine Haut war schon richtig rosa und er hatte riesige Augen. Er sah aus, als würde ihm der Kopf aufplatzen. Er drohte zu ersticken und musste an ein Beatmungsgerät angeschlossen werden. Aber er hat überlebt. Er war einer der wenigen, die überlebt haben. Danach wurde die Mine geschlossen.«

»Und warum seid ihr noch hier, wenn die Mine geschlossen ist?«

»Weil mein Vater ein Idiot ist. Er hängt rum und säuft und wartet, dass die Mine wieder aufmacht. Er sagt, er gehe nicht, bis die Mine nicht wieder aufmacht. Aber die Engländer sind längst wieder weg. Die von der Betreiberfirma, das waren Engländer. Nur wir sind noch hier. Man sagt, wenn die Mine wieder aufmacht, dann wird alles nur noch schlimmer. Weil die Dämonen dann nämlich zurückkommen.«

»Was für Dämonen?«

»Die Dämonen aus dem Inlandeis. Die Dämonen würden sich rächen, weil das Gold in alle Welt verschifft wurde. Weil das Gold hierhin gehöre. Darum hätten die Dämonen auch die Mine vernichtet. Und wenn man die Mine wieder öffnen würde, dann würde sich der ganze Höllenschlund öffnen.«

»Der Höllenschlund? Das wird ja immer toller.«

»Ja. Man sagt, es gibt einen Höllenschlund im Inlandeis. Der Gletscher, in den ihr gekracht seid. Vom Gletscher kann man das Inlandeis sehen. Der Höllenschlund ist weit hinten im Inlandeis.«

»Was ist das Inlandeis?«

»Eis gibt es da. Und reiche Touristen, die sich mit dem Helikopter da reinfliegen lassen, mit ihrer Outdoor-Spezialkleidung und ihren Hi-Tech-Zelten aus Weltraumtechnologie. Die wandern durchs Eis und machen Fotos für Instagram.«

»Und Dämonen gibt es da.«

»Genau. Weshalb manche auch nicht zurückkommen, fürchte ich.«

»Alfie, dir ist klar, dass das ziemlicher Quatsch ist mit den Dämonen?«

»Wenn du meinst. Das Inlandeis wird jedenfalls immer weniger. Das kommt durch die Klimaerwärmung und wahrscheinlich auch durch die Cyanide. An dem Berg, wo wir gestern waren, eigentlich ist da um die Jahreszeit schon Eis. Jetzt ist da gar nichts mehr. Man sagt, dass durch den Rückgang des Eises Bakterien und Viren freigesetzt würden, die die Erde vernichten könnten. Das steht sogar wissenschaftlich fest. Aber vielleicht sind es gar keine Bakterien und Viren, sondern Dämonen, die die Menschen angreifen. Weil die Menschen so dumm und gierig sind. Deshalb möchte ich hier weg, verstehst du? Nur mein Vater, der möchte nicht weg. Der ist wie besessen von der Idee, dass die Mine wieder öffnen muss. Er sitzt hier rum und wartet. Wie ein Idiot.«

Er reicht ihr die Dose mit den aufgewärmten Makkaroni und einen Löffel. Es ist stockdunkel geworden.

»Siehst du, dass das Feuer keinen Schatten wirft? Man sagt, dass dem Feuer ein guter Geist innewohnt, wenn es keinen Schatten wirft. Aber wenn das Feuer Schatten wirft, heißt das, dass der Geist böse ist und man sich besser aus dem Staub machen sollte.«

»Alfie, Feuer wirft keinen Schatten, weil Feuer Licht ist. Wie soll eine Flamme denn einen Schatten werfen, wenn sie selbst leuchtet?«, fragt Solana.

»Ich sag ja nur, dass es eventuell noch andere Theorien gibt, warum das Feuer keinen Schatten wirft.«

»Noch andere Theorien? Auf was für eine Schule gehst du eigentlich?«

»Hör auf, dich über mich lustig zu machen. Du verarschst mich.«

»Ja. Ich fürchte, ich verarsch dich«, entgegnet sie grinsend und schaufelt sich noch einen Löffel Makkaroni rein. »Du solltest vielleicht aufhören, an die Dämonen zu glauben.«

Er macht eine kleine Pause und überlegt.

»Wenn es Schatten gibt, zeigt das, dass wir Objekte sind. Dass wir regiert werden. Die Menschen sind nicht Herr ihrer selbst. Das ist im Prinzip wie im Grammatikunterricht. Subjekt, Prädikat, Objekt, verstehst du? Objekte werden regiert. Wenn wir Schatten werfen, heißt das, wir sind Objekte. Wir werden regiert. Keine Subjekte.«

»Keine Subjekte?«

»Keine Subjekte«, wiederholt er kauend.

»Das mit Subjekt, Prädikat, Objekt verstehe ich. Aber das mit dem Schatten ist mir zu hoch. Das klingt ziemlich behindert.«

»Das klingt überhaupt nicht behindert. Man sagt, die Seele kann unabhängig vom Körper existieren. Wer es schafft, aus seinem Körper herauszutreten, der ist Herr seiner Seele. Der kann sogar in die Welt der Geister reisen. Weil er zwischen den Welten wandelt.«

»Geister gibt es also auch.«

»Ja, Solana. Ich habe sie mit eigenen Augen gesehen. Sie sind gefangen zwischen dem Leben und dem Tod. Aber für manche gibt es Wege zurück.«

»Hast du zufällig Psilos in deinem Essen?«

Sie deutet auf seinen Fisch.

»Nein, das ist getrockneter Kabeljau. Sagte ich doch bereits. Willst du mal probieren?«

»Ich habe einen Witz gemacht. Du redest, als hättest du Pilze gegessen.«

»Klar gibt es hier Pilze. Manchmal auch um diese Jahreszeit. Die meisten sind sogar essbar. Hab aber keine gegessen. Wir können morgen mal schauen, ob wir vielleicht ...«

»Alfie, Psilos sind Drogen. Es sind magische Pilze. Sie lassen dich komisch reden. Ich kenne Leute, die haben Pilze gegessen und die reden wie du.«

»Weil sie Pilze gegessen haben?«

»Ja, von Dämonen und Geistern und so. Die sehen plötzlich Dinge, die gar nicht da sind.«

»Du verarschst mich wieder, oder?«

»Ja, Alfie, ich verarsch dich.«

Unter seinem Auge zuckt es wieder. Er versucht, das Zucken mit dem Handballen wegzudrücken, aber es funktioniert nicht. In letzter Zeit funktioniert es ganz oft nicht. Solana muss das Zucken bemerkt haben.

»Was ist los?«

»Nichts ist los.«

»Ich habe doch nur einen Witz gemacht.«

»Warum machst du auch immer Witze?«, verzieht er das Gesicht.

»Warum ich ...?« Sie atmet tief durch. »Weil die Situation manchmal so absurd ist, dass man sich nur noch mit einem Witz helfen kann. Komm mal her.«

Solana deutet neben sich. Doch er ziert sich.

»Ich bin doch schon neben dir.«

»Ich meinte, du sollst näherkommen.«

Er rückt widerwillig ein Stück an sie heran. Sie legt ihm den Arm um die Schulter.

»Hör zu, ich verarsche meine Freunde ständig und ich werde auch ständig von ihnen verarscht. Es ist ein Zeichen dafür, dass man sich mag, wenn man sich verarschen kann.«

»Die verarschen dich ständig? Was hast du denn bitte für Freunde?«

»Ich habe die besten Freunde der Welt und ich will zu ihnen zurück. Ich will wieder nach Hause. Verstehst du mich? Dafür brauche ich deine Hilfe.«

Sie nimmt seine Hand.

»Und wenn du mich verarscht, heißt das, dass du mich magst? Dass wir Freunde sind?«

»Ja, Alfie. Es heißt, dass ich dich mag. Dass wir Freunde sind. Ich werde aufpassen, dass die Dämonen dich nicht holen. Und du passt im Gegenzug ein bisschen auf mich auf. So machen Freunde das.«

»Ich dachte, du glaubst nicht an die Dämonen. Also verarschst du mich schon wieder.«

»Aber nur ein ganz kleines bisschen.«

»Ein ganz kleines bisschen?«

»Höchstens so klein.« Solana formt mit Daumen und Zeigefinger einen ganz kleinen Abstand.

»Weißt du übrigens, was ich auch mag? Käse. Ich liebe Käse. Die Makkaroni sind der Killer. Du bist zwar ein bisschen seltsam, aber ein sehr guter Koch.«

»Die sind aus der Dose. Du verarschst mich schon wieder.«

Solana hebt die Hand zum Schwur.

»Ich schwöre, dass ich dich nicht verarsche. Du hast die Dose im genau richtigen Moment aus dem Feuer geholt. Die Konsistenz ist perfekt. Der Käse ist genau richtig zerlaufen. Das muss man können.«

Er muss kurz grinsen. Dann wird auch er wieder ernst.

»Du bist selbst ziemlich seltsam. Aber ich mag dich auch, Solana. Ich mag dich sehr gerne sogar.«

»Warum hast du das gemacht?«

Sie deutet auf die Narben an seinem Unterarm.

»Was gemacht?«

»Du hast dir wehgetan. Du hast dich verletzt. Ist dir klar, dass man eines Tages nicht mehr aufwacht, wenn man sich ständig an den Pulsadern herumschnippelt?«

Er zögert. Seine Miene verdüstert sich wieder.

»Man kann auch in ein Flugzeug steigen und nicht mehr aufwachen. Außerdem tut es gar nicht so weh. Es tut zumindest nicht so weh, wie ...«

Er macht eine Pause und schiebt sich nachdenklich die letzten Fischreste in den Mund.

»Wie was?«

Doch er lenkt weiter ab.

»Siehst du die Lichter dort oben?« Er deutet auf die pulsierenden grünen Lichtbögen in der Ferne.

»Ja, sieht abgefahren aus.«

»Man sieht sie um diese Jahreszeit besonders häufig. Man sagt, hinter den Lichtern befinde sich das Totenreich. Die Lichter seien die Fackeln der Toten. Sie wollen uns den Weg weisen. Sie wollen uns etwas sagen. Dahinter gibt es kein Zurück mehr für die Geister.«

»Alfie?«

»Was? Willst du wieder sagen, dass das behindert ist? Willst du dich wieder über mich lustig machen?«

Sie zuckt zurück.

»Ich will mich nicht lustig machen. Die Lichter sehen

wunderschön aus. Ich habe so etwas noch nie gesehen. Aber du hast meine Frage nicht beantwortet. Warum hast du das gemacht?«

Doch er schweigt.

»Vermisst du sie?«

»Wen vermisse ich?«

»Du hast gesagt, deine Mutter sei gestorben. Vermisst du sie?«

»Natürlich vermisse ich sie. Ich vermisse sie jeden Tag. Was ist das für eine Frage?«

»Kann es sein, dass du dir manchmal wünschst, dass da jemand ist?«

Er verzieht wieder missmutig das Gesicht.

»Du willst auch sagen, dass ich mir das einbilde, oder? So wie Dr. Larsen. Dass ich Zauberpilze gegessen habe, oder so. Aber ich habe keine Zauberpilze gegessen, Solana«, entgegnet er düster.

»So meine ich das nicht. Aber ein fünfzehnjähriger Junge sollte nicht einsam sein. Er sollte Freunde haben. Du sagtest, du möchtest hier weg. Wohin denn?«

»Keine Ahnung. Hier gibt es ja nichts. Du hast es doch selbst gesehen.«

»Wo würdest du denn hin, wenn du könntest?«

»Nach London, vielleicht. In London gibt es coole Musik. Alle wollen doch nach London.«

»Was denn für coole Musik?«

»Coole Musik halt. Stormzy finde ich cool. Skepta manchmal. Schizo natürlich auch. *Multiverse* find ich auch cool. Deine alten Sachen nicht ganz so. Aber *Multiverse* ist schon ganz cool. Auch wegen Schizo.«

»Die alten Sachen nicht ganz so?«

»Ein paar vielleicht. *Intergalactic Power* zum Beispiel. War schon ganz cool. Deine Musik ist aber mehr so Mädchenmusik.«

Sie lacht.

»Mädchenmusik? Sagt der Junge mit dem lila Schlafanzug.«

Er guckt an sich runter.

»Das ist kein Schlafanzug. Das ist ein Nike-Tracksuit.«

»Sieht aber aus wie ein Schlafanzug.«

»Du siehst aus wie ein Schlafanzug.«

»Kleiner, ich ziehe dir gleich den Schlafanzug über die Ohren, wenn du frech wirst.«

Sie knufft ihn in die Seite.

»Hör auf mich Kleiner zu nennen, Bitch. Wenn schon klein, dann Lil' Shaman, und nicht Kleiner.«

Sie prustet laut los.

»Hast du mich gerade Bitch genannt?«

Er zuckt zusammen.

»N-nein, habe ich nicht. Ich meine, ich habe nicht Bitch ...«, stottert er.

»Doch, hast du. Hundert Pro. Oder meinst du, ich bilde mir das ein? Ich hätte Zauberpilze gegessen, oder so. Und was bitte ist Lil' Shaman?«

»Lil' Shaman ist mein Moniker. Mein Rappername.«

»Dein Monica?«

»Hör auf, so zu lachen ...«

Aber er muss jetzt auch grinsen.

»Das heißt so. Wirklich. Man sagt Moniker.«

»Wie bei Brandy & Monica?«

»Brandy & Moni…? Du bist total bescheuert, Solana.«

»Auf jeden Fall, Alfie«, gluckst Solana. »Ich bin die Bescheuerte von uns beiden. Ich meine, du bist Lil' Shaman, und ich deine bescheuerte Bitch. Rappst du auch was für mich, kleiner Schamane?«

»Ob ich für dich was rappe? Hier? Jetzt?«

Er schaut sich verwundert um. Doch außer dem Feuer ist hier nichts.

Man sagt, der Schamane sei ein Geisterfahrer auf der Autobahn durch die andere Welt.

Doch was, wenn er für immer auf der anderen Seite bleiben muss?

Stellt euch das mal vor.

Ihr kennt die Geschichten.

Ihr habt sie tausendfach gehört.

Romeo musste sterben.

Johnny musste sterben.

Plato musste sterben.

Thomas J. starb durch Bienenstiche.

Kenny stirbt andauernd.

Du wirst sterben.

Autotune wird sterben.

Und deine Mutter, die wird sterben.

Doch wenn der Weltgeist das Licht ausknipst, dann gute Nacht.

Da hilft keine Zaubermacht.

Entschuldigung.

Ich wollte euch nicht aus dem Rhythmus bringen.

Sondern nur ein Liedchen am Feuer singen.

Dabei habe ich noch einen viel traurigeren Song auf Lager.
Bloß der käme jetzt wirklich ein bisschen makaber.
Sorry, war das jetzt ein schlechter Reim?
Ich hoffe nein.

»Nee, da oben bei den Lichtern. Natürlich hier. Komm schon, ich fände das sogar ein bisschen romantisch. Wer weiß, was da alles passieren kann, wenn ich in die richtige Stimmung komme. Und das sage ich als deine Bitch, Baby«, sagt Solana.

Sie beißt sich auf die Lippen.

»Hör auf zu lachen. Ich kann echt rappen.«

»Glaube ich dir ja.«

»Ich kann aber nicht auf Knopfdruck.«

»Das hört man von Jungs öfter.«

»Ich kann aber rappen. Wirklich.«

»Klar. Du bist ja auch Lil' Shaman.«

»Nur Lil' Shaman kann die Dämonen besiegen, er ist es, dem die Welten der Geister obliegen ...«, reimt er plötzlich, zögert dann aber, weil er den Text schon wieder vergessen hat.

»Und?«

»Ich bin manchmal zu aufgeregt. Ich muss mich konzentrieren. Später vielleicht. Ich hab manchmal zu viel Durcheinander in meinem Kopf.«

»Du solltest vielleicht üben, damit du nicht so schnell deine Texte vergisst.«

»Ich werde üben, und ich werde mich durchsetzen. So wie sich Eminem in *8 Mile* durchgesetzt hat. Hast du *8 Mile* gesehen?«

»Klar habe ich *8 Mile* gesehen.«

»Ihn haben sie alle ausgelacht am Anfang. Bis sie ihn am Ende nicht mehr ausgelacht haben. Weil er sie nämlich alle in den Schatten gestellt hat.«

»Wenn du sie in den Schatten stellen möchtest, dann musst du aber erst einmal aus deinem eigenen Schatten rauskommen. Wenn du nach London willst, dann musst du mit deinem Vater reden. Ständig weglaufen bringt dir nichts.«

»Ich fürchte, mit meinem Vater kann man nicht mehr reden. Mein Vater ist ein Idiot. Sagte ich doch bereits.«

»Niemand ist so ein Idiot, dass man nicht mehr mit ihm reden kann.«

»Da kennst du meinen Vater aber schlecht.«

»Du hast echt niemanden?«

»Ich sagte doch: Ich bin lieber allein.«

»Warst du denn schon mal mit jemandem zusammen?«

»Wie meinst du das?«

»Ob du schon mal eine Freundin hattest. Du weißt schon. Ob du schon mal mit wem rumgemacht hast.«

»Mit wem soll man denn hier rummachen?«

»Es wird doch Mädchen hier geben. Auch Mädchen in deinem Alter.«

»Klar gibt es hier Mädchen. Aber die halten mich alle für komisch. Weil ich der Sohn von meinem Vater bin. Und mein Vater ist der komischste Freak auf der ganzen Insel hier, das kannst du mir glauben.«

»Wie meinst du das?«

»Wenn du meinst, ich wäre schräg, dann lerne mal meinen Vater kennen. Der ist ständig besoffen, und wenn der nüchtern ist, dann ist der noch komischer, als wenn der besoffen ist. Seit der Sache mit dem Brand ist der nur noch ein totales Wrack. Der steht völlig neben sich.«

»Ich glaube gar nicht, dass die Mädchen dich für so komisch halten. Eigentlich bist du sogar ganz niedlich. Ich glaube, du willst nur, dass dich alle für komisch halten. Damit du leichter weglaufen kannst. Damit du eine Ausrede hast, um wegzulaufen.«

Solana tunkt mit dem Finger in der leeren Dose herum und versucht, die letzten Käsereste herauszukratzen. Dann leckt sie sich schmatzend den Finger ab. Er beobachtet sie verlegen.

»Du findest mich ... niedlich? Wirklich?«

»Ja, Alfie. Du bist schon ein bisschen niedlich. Aber wir müssen aufpassen. Weil, nachher passiert hier noch was Romantisches, und du glaubst nicht, was die im Knast mit Leuten machen, die mit kleinen fünfzehnjährigen Jungen rummachen.«

»Ich bin kein ein kleiner Junge. Hör auf, mich Kleiner zu nennen.«

»Tschuldigung, Kleiner.«

»Ich sagte, nenn mich nicht ...«

Er bricht den Satz ab, weil es ja doch keinen Sinn macht.

»Solana?«

»Ja?«

»Was machen die denn mit ... so Leuten?«

»Mit was für Leuten?«

»Die halt ... mit fünfzehnjährigen Jungen rummachen.«

»Die schneiden ihnen die Eier ab. Schnipp-schnapp.«

»Ah, verstehe.«

Soweit die Geschichte vom Lagerfeuer. Ihr kennt das, es gibt immer ein Lagerfeuer. Ganz leise kann man den Wind hören, der in den Gletschern entsteht, durch die Bergketten und Täler fährt, ehe er sinfonisch in den Himmel aufsteigt. Manche sagen, die Erde müsse anfangs glatt gewesen sein, weil Gott nie etwas ohne Struktur und Form schaffen würde. Weshalb sie auch glauben, dass die Erde schrumpft, wodurch erst die ganzen Gebirge und Gletscher entstanden seien. Irgendwann sei sie nur noch so groß wie ein Pingpongball. Alfies Pupillen sind groß wie Pingpongbälle. In seinem Kopf schreiten die Gedanken unaufhaltsam voran. Ganz allmählich geraten sie aus dem Tor des Schattens heraus.

»Solana?«

»Ja, Alfie?«

»Frauen haben doch gar keine Eier. Das war also wieder ein Witz, oder? Ich glaube, so langsam verstehe ich, wie du tickst.«

»Das ist gut. Ich glaube, so langsam verstehe ich auch, wie du tickst.«

13

Alfie hat die Hände friedlich auf dem Bauch verschränkt, als wäre sein Schicksalsknäuel endlich gelöst worden. Doch wird es gleich wieder rückverknotet. Vor ihm steht nämlich schon wieder das Monster und zieht monstermäßig an seinem dicken, fetten Joint. Nachdenklich betrachtet es den schlafenden Jungen. Es hat die gleichen dunklen Augen, aber breitere Schultern und grobporige, früh gealterte Haut. Das nordisch blonde Haar ist unter einer dunklen Wollmütze versteckt. Es trägt eine speckige Arbeiterjacke, auf der *Orpheus Mining* geschrieben steht, ein blauweißer Schal mit der Aufschrift *Leeds United – Pride of Yorkshire* ist um seinen Hals gewickelt. Das Monster pustet den Qualm aus. Alfie erkennt den würzigen Geruch des Joints sofort. Seine Nase ist ziemlich gut aufgestellt, was Gerüche angeht.

Auch wenn die Erwachsenen sagen, dass sie ihm manchmal Streiche spiele. Weshalb er sich auf seine Nase nicht immer verlassen könne. Was schlimm ist. Denn wenn man sich auf seine Nase nicht verlassen kann, dann gibt es keine Sicherheiten im Leben. Dann weiß man nicht, was richtig und was falsch ist. Dr. Larsen nannte die Geruchsverwechslungen dysfunktionale Kognitionen. Die Geruchsverwechslung mit dem Schmorbraten zum Beispiel. Drei Jahre ist das jetzt her und er wird den Geruch einfach nicht mehr los. Er ist immer noch ganz tief in seiner Nase verwurzelt. Auch wenn es den Geruch vielleicht niemals gegeben hat. Wie man sagt. Wie es heißt.

Zunächst war er sich aber sicher gewesen, Schmorbraten gerochen zu haben, den es einmal im Monat gab. Weil im Haus ja auch alle Schmorbraten liebten. Hatte auf dem Weg zur Küche den Schmorbraten aber in Zweifel gezogen. Weil der Braten süßlicher roch als sonst, nicht nach Senf und den Gewürzen, die seine Mutter verwendete. Irgendwelche Blätter aus der Natur, deren Namen er sich nie merken konnte. Es war ein Duft, wie er ihn noch nie gerochen hatte. Wie süßes Fleisch, das in ätzende Chemikalien gelegt und angebrannt worden war. In der Küche sah er mit eigenen Augen, dass es kein Braten sein konnte. Denn im Backofen lag sie selbst, den Kopf voran. Sie buk ihren eigenen Kopf. Es qualmte entsetzlich aus dem Ofen heraus. Es war ganz sicher sie. Er konnte sie an ihrem Kleid erkennen. Wobei – ganz sicher nicht.

Denn die Erwachsenen waren überzeugt, dass er sich verrochen haben müsse. Dass seine Nase ihm wieder Streiche gespielt hätte. Dass niemand seinen eigenen Kopf backe. Die Erwachsenen sagten, sie sei an Kopfkrebs gestorben. Seitdem heißt es, seine Mutter sei an Kopfkrebs gestorben. So sagt es Vater und so sagt es Dr. Larsen und so sagen es fast alle. Die Erwachsenen sagten es mit einer Selbstverständlichkeit, als hätte es den Ofen gar nicht gegeben.

Alfie zierte sich, es zu sagen. Er machte aber Übungen und führte ellenlange Gespräche mit Dr. Larsen, um es endlich sagen zu können und die falschen durch angemessenere Kognitionen zu ersetzen. Er schrieb sogar einen Zettel und las ihn sich abends vor.

Sie buk nicht ihren eigenen Kopf.

Er murmelte den Satz vor sich hin, bis er ihn fast glaubte.

Dr. Larsen erkannte große Fortschritte. Er war ein sehr verständnisvoller Arzt und hörte sich immer alles an. Er hörte sich seine Geschichten an und ließ ihn ausreden. Erst dann äußerte er sich zu den Geschichten.

Alfie lernte schon früh, dass es manchmal mehrere Versionen der Geschichten gab.

Auch ein paar Tage später, als er sie wiedersah. Es war mitten in der Nacht und er wollte aufstehen und sich ein Glas lauwarmes Wasser holen. Da war sie. Sie nahm ihn in den Arm und sagte, wie leid es ihr tue und wie sehr sie wünsche, sie könne alles noch mal neu machen. Er konnte sogar ihren Atem spüren und ihren fruchtgummiartigen Duft, den sie morgens immer auftrug und den er so sehr liebte. Dachte er. Dachte er natürlich wieder falsch.

Dr. Larsen kräuselte nur die Stirn und schrieb wieder was in seinen Computer. Dann meinte Dr. Larsen, dass er seine Mutter vielleicht nur gesehen habe, weil er sie sehen wollte und dass einem die Wahrnehmung manchmal Streiche spiele. Dass man die Toten nicht sehen könne, weil diese nun mal tot seien, und dann ging das wieder los mit der kognitiven Umstrukturierung. Niemand sehe Gespenster. Ein großer Junge müsse sich damit abfinden, dass man nicht so einfach ins Totenreich reisen könne. Außer man wolle selbst tot sein oder sei ein Schamane. Und Alfie wolle doch nicht tot sein. Dafür sei er viel zu jung. Deshalb dürfe er keine willkürlichen Schlussfolgerungen ziehen. Denn auch wenn der Verlust einer geliebten Person schwer wiege, seien Fantastereien der falsche Weg der Trauer, sagte Dr. Larsen in seinem verständnisvollen Dr. Larsen-Ton. Alfie wusste überhaupt nicht mehr, wo ihm der Kopf stand.

Diesmal schrieb er keine Zettel, sondern tat so, als glaubte er Dr. Larsen und hätte innerlich schon längst kognitiv umstrukturiert. Doch natürlich hoffte er, sie wiederzusehen. Was er garantiert nicht wiedersehen wollte, war das Monster. Das Monster ist aber da. Man kann das Monster klar am Geruch festmachen.

Alfie öffnet die Augen und sieht das Monster. Es steht direkt vor ihm. Seine Augen sind starr vor Angst und sein Herz pocht bis tief ins Inlandeis. Er schaut sich panisch um. Doch da, wo Solana lag, ist jetzt nichts mehr. Sie ist wie weggeblasen. Das Monster stupst ihn mit dem Fuß an.

»Junge, steh auf.«

»Wie ... wie hast du mich gefunden?«, stammelt er.

»Was denkst du denn, wie ich dich gefunden habe? Komm schon, lass uns nach Hause gehen.«

»Ich will aber nicht mit dir mit.«

»Willst du etwa hier rumgammeln? Du musst wieder in die Schule. Du musst lernen, klarzukommen in der Welt.«

»Ich fürchte, ich komme besser klar als du. Komm du doch erst einmal klar.«

Das Monster seufzt. Es bemüht sich, seine Stimme weniger monstermäßig klingen zu lassen. Aber darauf fällt er nicht mehr rein.

»Ich weiß überhaupt nicht, was in deinem kleinen Kopf da vor sich geht. Es ist mir ein Rätsel. Ich will, dass es dir gut geht. Aber du lässt mich ja nicht.«

»Das sehe ich, dass du willst, dass es mir gut geht.«

»Natürlich will ich, dass es dir gut geht. Weil ich dein Vater bin und du alles bist, was ich noch habe. Wenn du mich im Stich lässt, dann kann ich den Laden hier dichtmachen.«

»Was für ein Laden? Hier gibt es keinen Laden. Hier gibt es gar nichts, und das weißt du genau.«

»Alfie, hier gibt es eine Goldgrube. Wir werden eine Firma gründen. Zusammen mit Lucas und den Kanadiern. Du kennst Lucas. Mein Freund Lucas! Glaub mir, die Kanadier wissen, wie man sowas macht. Die kennen die Insel wie ihre eigene Westentasche. Wir müssen nur noch die Sache mit der Lizenz klären. Das ist eine reine Formalie. Wir werden es diesmal ganz anders machen. Die ganze Logistik ist anders. Die Technik ist anders. Wir werden einen richtigen Tiefwasserhafen errichten, wo die Schiffe direkt beladen werden. Glaub mir, hier kann man Tonnen pro Jahr rausschiffen. Und in zwei, drei Jahren gehen wir zurück. Versprochen. *You only get one shot, do not miss your chance to blow. This opportunity comes once in a lifetime!*«

»Lucas redet auch nur dumm rum. Den ganzen Tag lang. Der darf nicht mal mehr seinen eigenen Hubschrauber fliegen, weil sie ihm die Lizenz weggenommen haben. Weil der ständig besoffen ist. Und in dem Eminem-Lied geht es um was ganz anderes. Du verstehst überhaupt nichts. Ich will endlich nach Hause.«

»In ein paar Wochen fliegen wir ja nach England. Diesmal ganz sicher. Ich verspreche es hoch und heilig! Wir fahren nach Blackpool ans Meer. Von mir aus fahren wir nach London. Wir gehen Tante Audrey besuchen. Wir gehen zu Arsenal. Du weißt, ich hasse Arsenal. Aber mit dir gehe ich sogar zu Arsenal. Weil du mein Junge bist.«

»Arsenal? Du weißt überhaupt nichts über mich. Ich mag Fußball überhaupt nicht. Und wenn überhaupt, dann bin ich West Ham.«

»Dann die Hammers. Passt ja auch zu dir! Wenn Alfie will, dann gehen wir in den Upton Park. Warum nicht? Ist doch mein Alfie.«

Das Monster fängt mit heiterer Zunge an zu singen:

I'm forever blowing bubbles,
Pretty bubbles in the air,
They fly so high,
Nearly reach the sky,
Then like my dreams,
They fade and die.

Dann reckt es die rechte Faust in die Luft und zieht mit der linken wieder am Joint. Es pustet den Rauch geräuschvoll aus und keucht, als hätte es schwer zu atmen. Als säße irgendwas in ihm fest. Alfie hat dieses Keuchen schon zu oft gehört. Er hat Angst vor dem Keuchen, weil es die Dämonen sind, die da keuchen. Kein Mensch kann so keuchen.

»Ich habe aber keine Lust, mit dir mitzugehen.«

Der Tonfall des Monsters wechselt urplötzlich von Singsang auf Sarkasmus. Als hätten die Dämonen seine Gedanken gelesen und wieder den schwarzen Schalter umgelegt.

»Worauf hast du denn Lust? Falls es erlaubt ist, die Frage zu stellen. Ich weiß ja nicht, ob seine Exzellenz Alfie Lust hat, Fragen zu beantworten. Man ist ja schon froh, wenn man überhaupt eine Audienz bekommt.«

»Ich habe Lust, da zu sein, wo du nicht bist.«

»Das ist ja toll! Pass auf, ich erzähle dir jetzt eine kleine Geschichte. Eine Geschichte von einem Jungen, der auch keine Lust mehr hatte, da zu sein, wo seine Eltern waren. Der wollte auch von zu Hause weg. Den ganzen Materialismus und die Zivilisation hinter sich lassen. Hat sich seine Sachen geschnappt und ist ab in die Natur. Von heute auf morgen. Dachte, er könnte da schön mit den Bären und den Vögeln und den Bäumen. Nicht mit den oberflächlichen Menschen, sondern im Einklang mit Mutter Erde. Möchtest du wissen, was mit dem passiert ist?«

»Nein, ich möchte nicht wissen, was mit dem passiert ist. Es ist mir scheißegal, was mit dem passiert ist.«

»Ich erzähle es dir trotzdem. Er ist krepiert. Nicht, weil er von Bären gefressen worden wäre. Nein, sondern weil er die falschen Beeren gegessen hat! Giftige Beeren. Von einem ganz normalen Strauch. Hatte eine Vergiftung und ist dahingesiecht. Einsam und allein. Und weißt du, was der Unterschied zwischen dem und dir ist? Der hatte sogar noch Grips! Das war nämlich ein richtig schlauer Junge. Jahrgangsbester und so. Aber eine falsche Entscheidung und ... zack. Weißt du, wie es ist, an einer Vergiftung zu sterben? Ich kann dir sagen, was für Schmerzen das sind. Es fühlt sich an, als würde dein Körper von innen verbrennen. Ich schwöre, du würdest es nicht eine Sekunde lang aushalten. Du würdest dir wünschen, dass jemand bei dir wäre, um dir den Gnadenschuss zu geben. Was ich aber sagen will: Wenn es schon ein schlauer Junge nicht schafft, wie willst du Traumtänzer es denn schaffen? Aber gut. Wenn du meinst, du bist Huckleberry Finn ...

Wir schließen eine Wette ab, wie lange du durchhältst, bis du dahinsiechst. Was ist? Schlägst du ein oder bläst du Bubbles?«

Das Monster hält ihm seine Klaue entgegen.

»Ich schlage überhaupt nichts ein. Ich wünschte, du wärst an deiner Scheißvergiftung gestorben. Was bist du eigentlich für ein Mensch?«, giftet er.

»Das kann ich dir sagen. Ich bin einer, der Ziele hat. Der nicht den ganzen Tag herumträumt. Pass auf, ich werde dir jetzt erklären, wie die Sache wirklich läuft. Du wirst wieder zu Schule gehen und du gehst zu Dr. Larsen. Und wenn du noch einmal wegläufst, dann schwöre ich dir, dass du dir wünschen wirst, jemand gibt dir den Gnadenschuss. Weil du dann Seiten von mir kennenlernen wirst, die du bisher noch gar nicht kennengelernt hast. Geht das in deinen kleinen Schädel rein? Du wirst dieses Spiel nicht gewinnen.«

»Lass mich in Ruhe. Lass mich einfach in Ruhe und verschwinde. Geh einfach fort.«

Alfies Stimme zittert. Doch das Monster geht nicht fort. Es gibt auch keine Ruhe. Die Dämonen haben es fest in der Hand. Man kann die Dämonen in seinen Augen sehen. Die Verwandlung ist jetzt vollendet. Seine Klaue schnellt hervor, erwischt ihn am Bein, zieht ihn in einer schlangenartigen Bewegung zu sich. Alfie kann spüren, wie die Krallen in sein Fleisch eindringen. Der höllische Atem überlastet seinen Geruchssinn. Er versucht, sich an einem Grasbüschel festzuhalten, doch liegt es in der Natur des Grasbüschels, dass Grasbüschel reißen. Grasbüschel bieten keinen Schutz. Er reißt das Grasbüschel mit sich. Das Monster schleift ihn hinter sich her wie ein wildes Tier seine Beute. Es schleift ihn über den steinigen Boden. Alfie schlägt mit dem Kopf gegen die Felsbrocken, wedelt mit beiden Armen und brüllt wie am Spieß.

»Bist du behindert? Lass den Jungen los!«, brüllt Solana.

Gott sei Dank. Sie war gar nicht weg. Doch das Monster geht nicht auf sie ein. Vielleicht überhört das Monster sie einfach. Vielleicht kann das Monster sie gar nicht sehen. Während er über den Boden schleift, kann er aus den Augenwinkeln erkennen, wie Solana Anlauf nimmt.

An der Stelle muss ich kurz unterbrechen. Aber keine Angst, nach einer kleinen Pause geht es weiter. Holt euch ruhig noch eine Ladung Cheetos.

In der Zwischenzeit springen wir zurück zur Schlacht von New York. Es war der Tag, an dem es mit Solana und Patricia auseinanderging. Ihr erinnert euch an Patricia? Wo ist die eigentlich hin, werdet ihr euch sicher schon gefragt haben. Tja, die ist weg! Warum ist die weg? Wegen der Schlacht von New York ist die weg.

Die Schlacht von New York ist auch so eine Geschichte von zwei Welten, die aufeinanderprallen. Sie geht so:

Loki hatte es geschafft, das Portal für die Chitauri zu öffnen, und die außerirdischen Cyborg-Dämonen waren drauf und dran gewesen, die Erde zu erobern. Selbst Iron Man wäre ganz sicher tot gewesen, hätte Hulk ihn nicht aufgefangen, meinte Ninja an jenem lauen Frühlingsabend.

Patricia entgegnete, Iron Man sei es aber zu verdanken gewesen, dass der Angriff abgewendet werden konnte, schließlich habe er die Atombombe abgelenkt.

Solana korrigierte, dass es Black Widow gewesen war, die das Portal wieder geschlossen hätte, und Iron Man sei ein doofer Angeber. Sie konnte Iron Man nämlich nicht ausstehen. Immerhin rang sie sich ein charmantes Lächeln ab, als sie mit Iron Man auf dem roten Teppich posierte. Viel lieber aber hätte sie mit Black Widow posiert. Oder mit Nick Fury.

Die New York-Premiere von *Marvel's The Avengers* fand auf dem Tribeca-Filmfestival statt und die Veranstalter hatten es für eine gute Idee gehalten, Solana einzuladen, deren drittes Album gerade erschienen war. Die Single *Intergalactic Power* war schon seit Wochen auf der 1, und auch wenn der Song überhaupt nichts mit dem Filmsoundtrack zu tun hatte, passte es, dass Solana eingeladen wurde. Sie trug ein pastellgelbes Kleid von Roberto Cavalli und lächelte schon etwas stoned in die Kameras.

Ana hatte es für eine gute Idee gehalten, vor der Premiere noch eine Tüte zu rauchen. Ihr kennt Ana, sie hielt es immer für eine gute Idee, noch eine Tüte zu rauchen. Überhaupt gab es ja nur wenig Anlässe, keine Tüte zu rauchen. Auch Fanta, Ninja und Patricia hatten schon kräftig an der Tüte gezogen und diskutierten heißblütig darüber, wer der coolste Avenger war, und Solana setzte sich vollends in die Nesseln, weil sie gleich nach dem Film lautstark krakeelte, was für ein unerträglicher Aufschneider Iron Man sei.

Ana presste Solana die Hand auf den Mund und schaute sich panisch um, ob Iron Man sie hören konnte, doch der war schon vor Beginn des Abspanns aufs Klo gerannt, um Hulk-mäßig zu kacken.

Ana hielt Iron Man ebenfalls für einen Aufschneider, für sie war J.A.R.V.I.S. der coolste Avenger, was wieder typisch Ana war, die ja immer mit irgendwelchen obskuren Schlaumeier-Meinungen daherkam. Dabei war J.A.R.V.I.S. nicht mal ein lebender Mensch, sondern bloß eine Stimme im Helm von Iron Man.

Wie genau die Situation eskaliert ist, lässt sich schwer erklären. Es wird wohl damit angefangen haben, dass Patricia den anderen Joshua Myers vorstellte, den sie eigentlich gar nicht richtig kannte, der aber etwas verloren auf der Party herumstand und an seiner Heineken-Flasche nippte. Er sah aus, als hätte er sich verlaufen mit seinem zerschlissenen T-Shirt, auf dem ein uraltes Filmmonster abgebildet war. Wie ein vierzigjähriger Teenager. »Das ist der, der *Sick Girls* gemacht hat«, flüsterte Patricia den anderen zu.

»*Sick Girls*? Ist das nicht dieser Film mit der Mädchengang, die am Ende die halbe Unterwelt abschlachtet?«, entgegnete Ana.

»Ja, total abgefahrener Scheiß«, erwiderte Patricia. Solana, Fanta und Ninja zuckten nur dumm mit den Schultern. Patricia zog die anderen gleich zu dem Typen hin.

»Du bist Joshua Myers, oder?«, fragte sie ungeniert.

»Yep«, nickte der Mann schüchtern.

»Ich bin Patricia. Das sind Ana, Fanta, Ninja und Solana.«

»Cool«, antwortete er knapp. Joshua Myers war offenbar eher einsilbig unterwegs.

»Hi«, grinsten die Mädchen, weil sie den deplatziert wirkenden Typen irgendwie lustig fanden. Stand rum und trank Bier und scherte sich um nichts Konkretes.

»Wie fandst du den Film?«, fragte Patricia.

»Ganz cool. Ich meine, für so Popcornkino.«

»Für so Popcornkino?«

»Ist halt so Popcornkino. Dafür aber ganz cool. Und Joss hat ja auch Buffy gemacht.«

»Joss?«, fragte Patricia.

»Der Regisseur.«

»Ach so, klar. Der hat ja auch Buffy gemacht.«

»Und ihr seid Schauspielerinnen?«

»Nein, wir singen und tanzen. Also Solana ist … du kennst Solana?«, fragte Patricia mit leichtem Zweifel in der Stimme.

»Solana? Klar, schon mal gehört, cool«, sagte Joshua unbeeindruckt und nickte Solana zu.

Solana nickte zurück und grinste. Der Typ wusste überhaupt nicht, wer sie war. Der lebte auf seinem ganz eigenen Planeten. Patricia war aber jetzt voll in ihrem Element.

»Ich habe auch schon mal geschauspielert. Ich stand schon sauoft vor der Kamera«, sagte Patricia mit einem Lächeln in Richtung der anderen, das signalisieren sollte, dass sie jetzt lieber alleine mit Joshua sein wollte.

Denn Patricia wollte immer mehr sein als nur eine Backgroundsängerin. Sie war sich sicher gewesen, dass sie eines Tages auch dort stehen würde, wo Solana stand, vorne auf der Bühne und nicht in der dritten Reihe, neben dem Schlagzeug, noch hinter den Tänzerinnen und Tänzern. Sie hatte schon mit vierzehn in einer Skatepunkband gesungen und ihre eigenen Texte geschrieben, die davon handelten, wie scheiße es ist, vierzehn zu sein und in Brooklyn zu leben. Natürlich war es gar nicht so scheiße, mit vierzehn in Brooklyn zu leben und in einer Skatepunkband zu singen, was auch ihre Eltern bestätigten, die es cool fanden, dass ihre Tochter mit vierzehn in einer Skatepunkband sang und denen es selbst nicht gerade schlecht ging. Ihren größten Gig hatte sie im Club Northsix bei einem Nachwuchs-Wettbewerb gehabt und die Jurychefin hatte Patricias Auftritt mit den Worten gewürdigt, da sei wohl eine neue Avril Lavigne am Start. Was Patricia ziemlich aufgeregt hatte. Avril Lavigne konnte überhaupt nicht richtig singen, fand sie. Außerdem habe die blöde Jurychefin sie nur mit Avril Lavigne verglichen, weil sie auch blonde Haare habe und ein Skatergirl sei und ihre Augen mit Kajal schminke. Dabei singe sie, wie jeder, der nicht taub ist, unschwer bestätigen könne, ganz anders als Avril Lavigne. Als Patricia damals auf die Bühne gegangen war, hatte sie die Jurychefin nicht eines Blickes gewürdigt und den Pokal anschließend in den Mülleimer gepfeffert, was ganz schön Punk war, wie sie fand. Patricias Eltern fanden das cool. Unsere Tochter ist ganz schön Punk, hatte ihr Vater am nächsten Tag in der Firma geprahlt. Dazu muss man sagen, Patricias Vater ist ein ziemlicher Idiot und auch seine Tochter ... nun ja, ich kann sie nicht ausstehen.

Was im Folgenden geschah, traf Solana wie ein Schlag. Sie traf Patricia auf dem Weg zur Toilette wieder und Patricia brabbelte gleich auf sie ein wie ein Wasserfall. Sie hatte plötzlich den totalen Laberflash.

»Joshua dreht einen neuen Film und er meinte, dass ich da eigentlich ganz cool reinpassen würde. Das hieße aber natürlich, dass ich nicht mit dir auf Tour gehen könnte, weil ...«

»Jetzt mal ganz easy. Du sollst in einem Film mitspielen?«

»Nicht in einem Film. In seinem Film. Kein Scheiß, Joshua ist ein Genie, er ist ein absolut genialer Regisseur, und er meinte, es gehe bald in die erste Casting-Runde. Er hat mir seinen Kontakt gegeben und meinte, ich könne mich melden ...«

»Jetzt komm mal runter. Die erste Casting-Runde? Das heißt doch noch gar nichts. Weißt du, wie viele bei so einer ersten Casting-Runde dabei sind? Mach dich mal locker.«

Das war es. Das war der Satz, der Patricia zum Ausrasten

brachte. Sie wischte sich noch einmal mit der Hand über die vor Rotz triefende Nase und fauchte Solana an, als sei sie von einer tollwütigen Tarantel gestochen worden.

»Ich kann es einfach nicht fassen. Weißt du, dass du manchmal echt ätzend bist? Immer musst du im Mittelpunkt stehen. Aber wehe wer anders hat nur ein klitzekleines bisschen ...«

»Jetzt entspann dich mal. Ich habe doch überhaupt nichts gesagt. Ich habe nur gesagt, dass es die erste Casting-Runde ist und das nicht bedeutet, dass du auch in seinem Film mitspielst«, entgegnete Solana. Doch Patricia hatte sich schon in Rage geredet. Sie war kurz davor, ihr an die Gurgel zu springen.

»Mich kotzt das echt an. Immer wenn mir mal was Gutes passiert, musst du gleich den Daumen draufhalten. Du kannst es einem einfach nicht gönnen. Immer muss es um dich gehen. Immer nur Solana, Solana, Solana. Du hast einfach Angst, dass ich es draufhabe. Aber weißt du was? Ich habe es drauf, und ich werde es dir zeigen. Ich werde es euch allen zeigen.«

»Alter, du bist drauf. Du bist total drauf. Hast du gekokst, oder was?«

»Leck mich. Joshua hat gesagt, dass ich super in seinen neuen Film passen würde. Und weißt du was? Ich passe super in seinen neuen Film, und ich werde auch in seinem neuen Film mitspielen, und du kannst mich nämlich am Arsch lecken«, giftete Patricia. Mittlerweile hatten einige der Partygäste von dem Spektakel Wind bekommen und beobachteten den eskalierenden Streit belustigt.

»Sag mal, spinnst du? Ich habe überhaupt nichts gesagt,

außer dass es noch nichts bedeutet, wenn ...«, stammelte Solana. Doch mit Patricia war kein Frieden mehr zu machen. Sie war bis in die Haarspitzen auf Krawall gebürstet.

»Du kannst so eine Bitch sein, weißt du das? Nur weil du es geschafft hast, heißt das noch lange nicht, dass andere es nicht auch schaffen können. Meinst du, ich habe Bock immer nur deine bescheuerten Songs zu singen? Die ganze Zeit, jeden Tag? Ich kann auch Songs schreiben, das weißt du genau, und ich kann auch vor der Kamera stehen, wenn ich will, und ich habe es nicht nötig, immer nur in der dritten Reihe zu stehen.«

»Jetzt komm mal runter. Ich habe doch überhaupt nichts gesagt.«

»Ich habe doch überhaupt nichts gesagt, ich habe doch überhaupt nichts gesagt«, äffte Patricia sie nach. »Klar, aber das Erste, was du meinst, ist natürlich, dass ich mir keine Hoffnungen machen brauche. Weißt du was? Ich habe die Schnauze voll von dir. Davon, dass du immer alle runterbürsten musst. Dass du niemandem was gönnst. Mach deinen Scheiß doch alleine weiter.«

Sie machte auf dem Absatz kehrt und war verschwunden. Solana liefen die Tränen übers Gesicht. Phantomwut machte sich breit. Phantomwut auf Joshua. Wahrscheinlich hatten sich die beiden wirklich zugekokst und er hatte ihr wüste Versprechungen gemacht, um sie ins Bett kriegen, der alte Loser, dachte sie. So wird es gewesen sein.

Wütend stellte sie ihn zur Rede, doch Joshua guckte nur dumm wie Harry Potter, was Solana nur noch wütender machte, und dann ging plötzlich alles ganz schnell. Solanas Körper wurde zu Hulk und ihre Faust zu Thors Hammer und es machte *PAFF* und *BOOM* und *BANG* und Joshua konnte nur noch *HÄ?* machen und sich verdutzt an die blutende Nase fassen und flugs waren auch Ninja und Patricia und Fanta zur Stelle und es gab ein riesiges Menschenknäuel, aus dem es *POW* und *KLONK* und *CRASH* machte, und die Reporter machten *KLICK* und *BLITZ* und *TWEET*, und *ZACK* war die Schlacht von New York in allen Timelines. Dabei hatte Joshua tatsächlich nichts gemacht, außer ihr formlos seine Visitenkarte zu geben, wie Solana später herausfand, und natürlich sollte Patricia niemals in einem seiner Filme mitspielen. Weil sie vor der Kamera völlig talentfrei war. Auch hatte er ihr keine Versprechungen gemacht. Joshua gilt zwar als verpeilt, neurotisch und er pflegt ein obskures, in den Südstaaten nicht unübliches Faible für Waffen. Aber was man ihm garantiert nicht vorwerfen kann: dass er Mädchen schamlos ausnutzt. Und schlechte Schauspielerinnen engagiert er auch nicht. Am Ende wurden die beiden gute Freunde und Joshua drehte sogar einige von Solanas Videos, darunter auch das zu *Eating Good*. So viel jedenfalls zur Schlacht von New York. Habt ihr die Cheetos? Okay, denn jetzt geht es weiter.

Solana zischt durch die Luft wie Iron Man. Ich meine, sie hüpft nicht wie Anna Average oder deine Mutter beim Aerobic, nein, sie fliegt pfeilartig mit beiden Beinen voran. Sie springt dem Monster mit voller Kraft ins Kreuz. Das Monster wird nach vorne geschleudert, wodurch Alfie sich losreißen kann und sich wie eine Spinne rückwärts aus dem Staub macht. Er kauert sich vor den Torbogen. Das Monster ist aber gleich wieder auf den Beinen und schaut sich verwundert um. Doch Solana fackelt nicht. Sie schnappt sich einen der kleinen Felsbrocken und erwischt das Monster voll an der Schläfe. Es macht richtig *KNACKS*. Das Monster taumelt, doch keine Chance zur Regeneration. Sie schlägt gleich noch mal zu und dann noch einmal. *POW. POW.* Solana haut das Monster richtig um. Die rote Soße fließt ihm durch den kleinen Spalt am Rand der Mütze in die Augen. Das Monster fasst sich an die Stirn und betrachtet fassungslos das Blut. Doch sie gibt keine Ruhe. In ihren Augen funkelt grünes Gift.

»Du wirst dieses Spiel nicht gewinnen, du Monster!«

Sie haut ihm den Felsen ein viertes Mal gegen den Schädel. Es macht noch mal *KNACKS*. Wie ein dicker Keks, der auseinanderbricht. Das Monster fasst sich an den Kopf. Dann fällt es endlich um. *BUMM*. Es gibt ein letztes ächzendes Geräusch von sich. *ÄCHZ*.

Dann gibt es kein Geräusch mehr von sich. Es liegt bloß da und rührt sich nicht mehr. Solana lässt den Felsbrocken fallen. Alfie hustet, weil er Rauch nicht so gut vertragen kann, und zittert am ganzen Körper.

»Wo bist du gewesen?«

»Wir müssen weg hier.«

»Glaubst du, er ist …«

»Nein, ist er nicht. Aber wir müssen weg. Lass uns gehen. Komm schon, bevor er wieder aufwacht.«

Sie nimmt seine Hand und zieht ihn hoch.

»Er blutet.«

»Dann lass ihn bluten. Er verblutet schon nicht.«

»Was haben wir gemacht?«

»Nichts haben wir gemacht. Du hast recht. Du kannst

nicht bei deinem Vater bleiben. Es tut mir leid, wenn ich dir nicht glauben wollte.«

Dann stapfen sie los. In der Aufregung vergisst er, seinen Rucksack mitzunehmen. Er denkt gar nicht drüber nach, dass er zu schnell sein könnte für Solana. Er rennt und rennt und rennt auf und davon. Viel zu spät bemerkt er, dass Solana nicht Schritt halten konnte. Er dreht sich um und tatsächlich, sie ist wieder weg.

»Solana!«, ruft er.

Jetzt hört man sogar ein Echo. Das Echo hallt durch das ganze Tal.

Doch keine Antwort. »Solana!«, brüllt er erneut. Er wirft sich hin und landet auf dem Steißbein. Es tut richtig weh. Aber er lässt sich den Schmerz nicht anmerken und beißt die Zähne zusammen.

»Solana!«, versucht er es noch einmal. Doch wieder keine Antwort. Er steht auf, befühlt sein Steißbein und humpelt wieder den Hügel hinauf. Natürlich bemerkt er das Erdloch viel zu spät. Er tritt voll in das Erdloch hinein und fällt der Länge nach hin. Man hört einen Schrei aus dem Loch. Als hätte er da unten wen getroffen mit seinem Fuß. Verwundert robbt er zurück. Tatsächlich. Im Erdloch sitzt eine Grille. Sie schaut ihm direkt in die Augen und zirpt. Sie zirpt und zirpt und zirpt. Bloß, dass das Zirpen geradezu menschlich klingt. Wie eine schrille Stimme, die ihm eine Botschaft verzirpen will.

»Dechakesewaja.«

Alfie guckt sie verwundert an.

»Meinst du etwa mich?«

Wieder zirpt ihn die Grille an.

»Dechakesewaja.«

»Decha-was?«

»Dechakesewaja«, zirpt die Grille. Sie zirpt es geradeaus heraus.

»Redest du mit mir?«

Die Grille guckt ihm knallhart zurück in die Augen. »Dechakesewaja.«

»Kannst du dich vielleicht deutlicher ausdrücken?«

Doch die Grille kennt nur eins. Sie zirpt es in rhythmischem Singsang.

»Dechakesewaja.«

»Bist du behindert?«

Alfie wird langsam wütend.

»Dechakesewaja.«

»Decha-dudichdochselbst«, entgegnet er trotzig.

Jetzt wird er auch noch von einer Grille verarscht!

»Dechakesewaja«, zirpt die Grille ein letztes Mal. Dann flattert sie mit ihren goldenen Flügeln davon. Er schaut ihr verdutzt hinterher. Dann schließt er die Augen, streckt die Arme aus und atmet tief durch. So bleibt er ein paar Minuten liegen. Als er die Augen wieder öffnet, steht Solana vor ihm.

»Dechakesewaja«, zirpt Alfie und fragt sich sogleich, ob er es laut gezirpt hat. Doch das unbewusste Material ist schon nach außen gezirpt.

»Lass sie gehen?«

»Was?«

»Du hast gesagt: Lass sie gehen.«

»Habe ich nicht.«

»Doch, hast du. Deja que se vaja. Es bedeutet: Lass sie gehen.«

»Verarschst du mich wieder?«

»Tue ich nicht. Ich wusste nicht, dass du Spanisch kannst.«

»Ich kann auch kein Spanisch. Die Grille hat das zu mir gesagt.«

»Welche Grille?«

»Die Grill... sie war vorhin noch hier. Sie ist wieder weggeflogen.«

Er schaut sich um, doch natürlich keine Spur mehr von der Grille. Das ist mal wieder so typisch.

»Du meinst, die Grille hat Spanisch mit mir gesprochen?«

»Wahrscheinlich hast du geträumt, kleiner Traumprinz.«

»Ich habe nicht geträumt. Die Grille war hier. Sie hatte goldene Flügel. Und sie hat ganz klar gezirpt. Dechakesewaja. Ich habe das nicht geträumt.«

»Sie hatte goldene Flügel?«, fragt Solana irritiert.

»Ja, sie sah aus wie ... wie ...«

Alfie sucht nach dem richtigen Wort.

»... eine Zikade?«, fragt Solana nach einer Weile, als wäre ihr ein Licht aufgegangen.

»Ich weiß nicht, wie eine Zikade aussieht. Kann schon sein. Vielleicht sah sie auch aus wie eine Zikade. Wie ein Insekt halt. Sie konnte jedenfalls sprechen. Sie hat gesagt: ›Dechakesewaja‹«.

»Das kann nicht sein.«

»Ich bin doch nicht taub.«

»Sprechende Zikaden gibt es nicht. Genauso wenig wie furzende Einhörner.«

»Aber wenn ich es doch sage. Sie hat gezirpt: ›Dechakesewaja‹.«

»Deja que se vaya«, murmelt Solana vor sich hin. Sie guckt durch ihn hindurch, als sei er der Geist.

»Alfie, was ist hier los?«

Er merkt jetzt, dass sie verunsichert ist. Dass er sie beruhigen muss.

»Nichts ist hier los. Vielleicht habe ich es ja wirklich nur geträumt«, sagt er beschwichtigend. »Bestimmt habe ich es nur getr...«

»Irgendwas stimmt doch hier nicht«, unterbricht sie ihn wieder. »Diese ganze Geschichte ist doch absurd. Vielleicht träumen wir ja beide. So etwas gibt es. Ich habe das mal gelesen. Zwei Leute, die sich im Traum begegnet sind.«

Er zögert. Soll er ihr die Wahrheit sagen? In seinem Kopf rattern wieder die Gedanken. Manchmal rattern die Gedanken aber einfach zu schnell. Er kann sie nicht langsamer stellen.

»Es ist kein Traum, Solana.«

»Was ist es dann? Wenn es ein Unglück gab, dann muss es doch irgendwo Menschen geben. Rettungsteams, Hubschrauber, was weiß ich. Aber hier ist meilenweit gar nichts. Du schleppst mich seit zwei Tagen durchs Nirgendwo. Das ist doch kein normaler Ort hier.«

»Es ist ...«, fängt er den Satz an, ohne ihn aber abzuschließen.

»Was ist es?«

Alfie druckst weiter herum. Er weicht ihrem Blick aus. Doch sie gibt nicht auf.

»Alfie, sag mir endlich, was hier los ist.«

»Ich glaube, ich habe einen Fehler gemacht.«

»Was für einen Fehler hast du gemacht?«

»Ich dachte, ich …«

Er fängt wieder an zu zucken. Es ist schrecklich, wenn es anfängt mit dem Zucken. Aber er kann das Zucken nicht abstellen. Manchmal ist das Zucken in Sekundenschnelle da.

»Ich dachte, ich könnte dich vielleicht bei mir behalten. Nur ein bisschen. Aber es war ein Fehler. Ich hätte das nicht tun dürfen«, sagt er.

»Mich bei dir behalten? Spinnst du? Du hast gesagt, du wolltest mich irgendwo hinbringen, wo Menschen sind. Ist dir klar, dass ich Hilfe brauche? Meinst du, ich hab Lust, hier mit dir tagelang durch die Wildnis zu wandern?«

»Es tut mir leid. Ich weiß, dass du Hilfe brauchst.«

»Willst du mich entführen, oder was?«

»Ich will dich überhaupt nicht entführen. Ich werde dich ja auch wieder zurückbringen. Ich verspreche es dir. Es geht aber nicht so, wie du dir das vorstellst.«

»Was meinst du damit?«

Doch er nimmt nur ihre Hand und zieht sie fort vom Erdloch.

»Es gibt einen Weg zurück. Aber er ist nicht ungefährlich. Dafür müssten wir aber hier lang.«

Er zeigt in Richtung der Berge.

»Die Siedlung war aber ganz sicher da lang.«

Sie deutet mit dem Finger in die andere Richtung.

»Glaub mir. Wenn du zurückwillst, dann müssen wir hier lang.«

»Die Siedlung war aber definitiv in die andere Richtung. Du hast es mir gestern noch auf der Karte gezeigt.«

»Vergiss die Siedlung. Ich bin mir hundertprozentig sicher«, beharrt er.

»Okay, aber wehe, du verarschst mich. Dann kriegst du wirklich Stress mit mir. Komm schon, nimm deinen Rucksack«, seufzt sie resigniert.

Er sucht mit den Augen den Boden ab. Doch kein Rucksack weit und breit.

»Wo ist mein Rucksack?«

»Keine Ahnung. Du hattest ihn vorhin noch gehabt. Hast du ihn etwa ...«

»Verfluchter Mist!«

Er schlägt sich die Hand vor die Stirn.

»Alfie! Der Proviant. Die ganzen Sachen.«

»Ich muss ihn vorhin liegen gelassen haben.«

»Was machen wir jetzt?«

»Wir können nicht mehr zurück. Wir können auf gar keinen Fall zurück.«

»Natürlich können wir nicht mehr zurück. Aber wir haben nichts mehr zu trinken und nichts zu essen«, sagt Solana.

Alfie überlegt. Doch er wirkt erstaunlich gefasst. Der Verlust des Rucksacks scheint ihm gar nicht viel auszumachen.

»Es ist nicht so schlimm. Wir müssen nur noch ein paar Stunden lang durchhalten. Wir schaffen es auch so. Komm.«

Sie machen sich wieder auf den Weg. Diesmal machen sie sich auf den richtigen Weg. Der Abendhimmel schimmert wie von einer magischen Laterne beleuchtet. Sie passieren Berge aus Granit und Felsvorsprünge, die wie tote Köpfe aus der Landschaft ragen. Der Nebel hängt wie eine Rauchwolke über der Szenerie. Nach einiger Zeit stoßen sie auf einen breiten Fluss mit trübem Wasser.

Er formt mit der Hand einen Schirm über den Augen.

»Ich muss dir was zeigen.«

Er zerrt sie zum Ufer. Seine Laune bessert sich sogleich.

»Du wirst es nicht glauben, bis du es nicht mit eigenen Augen gesehen hast.«

Sie bleibt an der Böschung stehen, während er sich seiner Schuhe und der Jacke entledigt, ins Wasser steigt und durch den Fluss watet.

»Was machst du da? Komm raus, du weißt nicht, wie tief das Wasser wird.«

»Warte, ich werde es dir zeigen.«

»Was willst du mir zeigen?«

Doch er ist schon mehrere Meter vom Ufer entfernt und steht bis zur Hüfte im Wasser. Dann taucht er ab. Er macht einen Kopfsprung und verschwindet im Wasser. Die Strömung ist gar nicht so stark. Es fühlt sich an, als sei man unter einer Glasglocke. Es ist wunderschön. Wenn es immer so wäre wie unter Wasser, dann wäre es auch gar nicht so schlimm. Dann könnte man es aushalten. Dr. Larsen meinte, das Gefühl, unter Wasser zu sein, sei vielleicht sinnbildlich. Ausdruck einer großen Angst vor dem Ertrinken und dem Gefühl, alleine gelassen zu werden. Er aber findet, dass genau das Gegenteil richtig ist. Unter Wasser zu sein fühlt sich lebendig an, auf eine viel bessere Art lebendig als über Wasser, und das Gefühl zu ertrinken kennt er unter Wasser gar nicht. Höchstens über Wasser. Das klingt zugegebenermaßen etwas kompliziert und er sagte es Dr. Larsen so natürlich auch nie. Sonst käme nur wieder irgendwas anstrengend Kognitives dabei rum. Er spuckt eine kleine Fontäne aus und winkt ihr triumphierend zu.

»Was machst du da?«

»Ich wollte dir etwas zeigen.«

»Was wolltest du mir zeigen? Dass du tauchen kannst?«

»Nicht, dass ich tauchen kann. Das hier.«

Er drückt ihr ein kleines Steinchen in die Hände.

»Toll, du hast einen Stein gefunden.«

»Nicht bloß ein Stein. Guck genauer hin.«

»Wo soll ich genauer hingucken?«

Sie mustert den Stein. Doch sie kann offenbar nichts daran entdecken.

»Warte.«

Er zieht ein kleines Messer aus seiner Hosentasche und schabt vorsichtig an dem Kiesel herum. Dann drückt er ihr den Stein wieder in die Hand.

»Siehst du es jetzt?«

Der Stein funkelt. Das muss sie doch sehen, denkt er.

»Willst du mir etwa sagen, dass das Gold ist?«

»Ich weiß, du hältst mich für ziemlich bescheuert manchmal. Aber ja, Solana. Ich will dir sagen, dass das Gold ist. Das ist ein kleines Nugget. Ich habe an der Stelle schon mal ein kleines Nugget gefunden. Weißt du, was das bedeutet? Wir sind gleich da.«

Man hört das Heulen des Windes, der in den Gletschern entsteht und durch die Täler rauscht, und wenn man genau hinhört, dann hört man noch mehr.

»Wo sollen wir denn hier sein? Hier ist nichts. Du hast gesagt, du bringst mich zurück.«

»Das mache ich doch auch, Solana. Ich bring dich wieder nach Hause.«

»Ich glaube dir aber kein Wort mehr. Wir sind wieder am

Arsch der Welt. Hier sind keine Menschen weit und breit. Es wird gleich wieder dunkel und wir sind immer noch im Nirgendwo. Du hast mich angelogen.«

Sie ist fuchsteufelswild.

»Ich habe dich nicht angelogen«, versucht er zu beruhigen. »Wir sind fast da. Du musst mir vertrauen. Wir werden es beenden.«

Sie atmet einmal tief ein und einmal tief aus.

»Alfie, dann sag mir bitte, was du mit ›beenden‹ meinst.«

Er horcht wieder in den Abendhimmel hinein. Jetzt fängt es richtig an zu zucken. Denn wenn man genau hinguckt, dann kann man die Lichter sehen, wie sie tanzen, als gäbe es ein Fest zu feiern.

»Keine Angst, ich werde dir den Weg zeigen.«

»Hier ist aber kein Weg.«

»Natürlich ist da ein Weg. Aber es ist nicht ungefährlich.«

»Natürlich ist das nicht ungefährlich. Weil wir hier völlig verloren sind«, brüllt sie.

»Das stimmt nicht. Wir sind genau an der Grenze. Kannst du sie denn nicht hören?«

»Nein, ich höre gar nichts. Du machst mir was vor. Die ganze Zeit schon. Machst du das eigentlich absichtlich oder weil du es nicht anders kannst? Alfie, was stimmt mit dir nicht?«

Das Zucken wird jetzt immer mehr. Alfie ist nur noch ein zuckender Schatten seiner selbst. Solana schaut ihm ohnmächtig zu.

»Ich kann ihre Stimmen manchmal hören. Sie sind nicht wie du, Solana. Sie sind keine guten Geister. Sie machen mir Angst. Ich will, dass es endlich aufhört.«

Die Worte fallen ihm aus dem Munde wie schimmelige Cheetos. Doch natürlich wird es nicht einfach so aufhören. Denn wer einmal den Schatten integriert hat, der muss auch mit den Folgen zurechtkommen. Dazu kann ich eine kleine Geschichte erzählen.

Als sich die britische *Orpheus Mining* Gesellschaft die Abbaurechte in der Kommune Kujalleq für die lächerliche Summe von ein paar Millionen Pfund sicherte, da lachte man sich in Leeds, einer kleinen Stadt im Westen der Grafschaft Yorkshire, ins Fäustchen. Denn im Vergleich zu den vierzig- oder fünfzigtausend Unzen Golderz, die man je nach Kalkulation pro Jahr hier rausschaffen würde, waren ein paar Millionen Pfund nur ein kleiner Tropfen, der das Goldfass zum Überlaufen bringen würde, um in Metaphern zu sprechen, die schief sind wie die Zähne des damaligen *Orpheus Mining*-CEOs Peter R. Buckminster. Nun sind schiefe Zähne im Nordwesten Englands nichts Außergewöhnliches. Außergewöhnlich jedoch war die Energie, mit der jener Peter R. Buckminster das abenteuerliche Unterfangen im Süden Grönlands in die Wege leitete. Buckminster, ein in die Jahre gekommener Mann mit einem Faible für junge, pfundige Frauen, die vom Alter her seine Enkelinnen hätten sein können, hatte es in den siebziger Jahren des vorigen Jahrhunderts im Schweiße des Angesichts seiner Arbeiter zum Bergwerksmogul gebracht. Vierzig Jahre später war nicht nur der örtliche Fußballclub, ehedem Hoffnung der gesamten Region, abgestiegen, auch ließen sich die verbliebenen Bergwerke an drei Fingern abzählen. Nichts hasste Peter R. Buckminster jedoch so sehr wie Sentimentalitäten, und so verfrachtete er noch im selben Monat eine Schar tapferer Männer, ausgestattet mit den Mitteln modernster Technik und deutschester Ingenieurskunst, auf die Insel der Eskimos und Eisbären, um in Klischees zu sprechen, die ausgelutscht sind, wie Peter R. Buckminsters kleiner Kamerad es so gern wäre, der aber, leider auch nicht mehr der Jüngste, zuletzt des Öfteren den Generalstreik antrat und sich kaum noch regte. Als die Arbeiter von *Orpheus Mining* in die schwer zugängliche Region gelangten und zum ersten Mal ihre gigantischen Trucks, Spezialfahrzeuge und Bohrmaschinen anwarfen, da sollen nicht nur die leblosen Berge und Steine von der Zaubergewalt der Töne bewegt worden sein. Nachdem sie die Pforten des Bergwerks hinter sich gelassen hatten, schritten die Arbeiter mutig in die Stollen hinein, aktivierten den schwarzen Strom, währenddessen sich die wesenlosen Schatten bereits um sie scharten, die Gesichter zu dämonischen Fratzen verzogen. Man sagt, die Grotte sei schamanisches Territorium, sie markiere das Reich zwischen Leben und Tod. Hier träfen die beiden Welten unmittelbar aufeinander. Nur ein Schamane könne sich hier zurechtfinden. Die Arbeiter konnten es nicht. Sie gaben sich Kampfnamen wie Bagger Bob oder Eiswurm Earl, doch es half kein Testosteron der Welt. Nicht einen Pfifferling hätte Peter R. Buckminster drauf gewettet, dass seine Arbeiter bald schon die blanke Angst und Panik quälen würde auf ihrem finsteren Wege. Doch war jener ein äußerst schlechter Wetter, der regelmäßig auf Leeds United setzte und auch beim Pferderennen stets die lethargischsten Gäule ankreuzte. So verkalkulierte sich der Bergwerksmogul auch hier wie ein verstaubter alter Taschenrechner, dem allmählich die Batterien ausgehen, um einen Vergleich zu bemühen, der hinkt wie Peter R. Buckminster seit seiner letzten Knie-OP.

Alfie zuckt jetzt hin und her, als hätte er einen elektrischen Schock erlitten. Er entzieht sich jedem Zugriff, wird ihr immer wieder entrissen. Es gibt einen Judogriff, den Ninja ihr beigebracht hatte zur Selbstverteidigung. Man muss den Kopf des Gegners blitzschnell in den Schwitzkasten nehmen und sich dann seitwärts auf seinen Oberkörper werfen, das eine Bein nach vorne ausstrecken und das andere anwinkeln. So hat sie ihn schließlich im Griff. Wie eine Kämpferin hält sie ihn fest. Alfies Beine zucken immer noch. Doch sein Oberkörper ist jetzt ruhiggestellt. Dann endlich hört das Zucken ganz auf. Er liegt da wie leblos in ihren Armen.

»Schon gut. Du hattest einen kleinen Anfall. Aber der Anfall ist vorbei. Niemand wird dir was tun, ich schwöre es. Mach deine Augen zu, dann gehen sie wieder weg«, redet sie beruhigend auf ihn ein.

»Nein. Ich werde meine Augen nicht mehr schließen. Wir werden es beenden.« Dann rappelt er sich blitzschnell wieder auf. »Komm schon, es ist wirklich nicht mehr weit.«

14

Der Zugang zum Bergwerk ist eine Wüste aus schwarzem Geröll und Schotter. Die bunten Bungalows wurden im Stil der Fachwerkhäuser von Qaqortoq und Nanortalik gebaut, ein simpler psychologischer Trick, damit sich die lokalen Hilfsarbeiter wohlfühlen und engagiert sind. Im Abendlicht wirkt die verlassene Arbeitersiedlung noch gespenstischer, was Alfie nicht davon abhält, entschlossen auf die rote Hütte zuzusteuern. Die Tür ist nicht verschlossen, und als er den Schalter betätigt, wird es tatsächlich Licht. An der Wand über der Kochzeile hängt ein Poster von einer Band, die Bad Religion heißt. Er fand immer, dass die Musiker aussehen wie Biologielehrer an einer Dorfschule.

»Was suchst du?«

Er durchforstet die Hütte, öffnet Schubladen, schleudert Sachen auf den Boden. Er wirft ihr einen Tabakbeutel und eine kleine Plastikdose mit Skunk entgegen, die er gefunden hat. »Hier, schenke ich dir.«

Dann sucht er weiter. Sie hat auf dem mit alten Zeichnungen übersäten Holzschreibtisch am Fenster Platz genommen. Sie zieht eines der langen Papers heraus und fängt an zu rollen. Dann zündet sie den Joint an und schaut ihm sichtlich aufgewühlt bei seiner Arbeit zu. Als sei sie mit einer hochphilosophischen Frage beschäftigt. Er wühlt sich durch die mit Kabeln, Trafos und Steckdosen vollgestopften Kisten am Boden. Nach ein paar Minuten zieht er eine kleine blaue Bauchtasche hervor.

»Ich hab’s!«

»Alfie, was meintest du damit, sie sind keine guten Geister wie ich?«

»Du verstehst es immer noch nicht?«

»Ich weiß nicht mehr, was ich verstehen soll. Oder was ich glauben soll. Ich glaube, ich weiß bald überhaupt nichts mehr.«

»Die meisten wissen es insgeheim. Aber sie können es nicht glauben. Sie leugnen es. Wahrscheinlich sind sie einfach überfordert. Weil sie spüren, dass in ihrer Welt alles Lebendige fehlt. Sie haben Angst, sie könnten für immer in diesem Zustand gefangen sein. Aber manche können zurück. Weil ihr Leben noch nicht zu Ende ist. Ich glaube, dass du zu dieser Kategorie gehörst.«

Solana guckt ihn entgeistert an. Alfie kontert mit einem aufmunternden Blick.

»Ich bin mir sogar ziemlich sicher, dass es so ist. Ich habe es von Anfang an gespürt.«

»Du hast es von Anfang an gespürt?«

Er öffnet die Bauchtasche und zaubert mit großem Tamtam einen silbernen Schlüsselbund hervor.

»Ja. Und ich hab den Schlüssel!«

»Du meinst den Schlüssel für die Tür, durch die ich wieder nach Hause kann?«, fragt sie mit stockender Stimme.

Er merkt, dass sie zittert. Dass sich Tränen in ihren Augen gesammelt haben. Die Tränen kommen nicht von dem Rauch. Es ist, als hätte sie zum ersten Mal richtig Angst. Er kann die Angst förmlich riechen. Sie kann sie nicht mehr hinter dem Rauch verstecken. Bei ihm dagegen ist die Angst jetzt wie weggeflogen.

»Nicht ganz. Es ist eine Kammer! Los, komm mit«, flötet er beschwingt.

»Eine Schatzkammer?«

»Ja, Solana. Es ist eine Schatzkammer. Eine Schatzkammer wie in einem Palast! Du wirst nicht glauben, was es in der Schatzkammer alles gibt.«

Er zerrt sie nach draußen und leuchtet mit einer kleinen Taschenlampe den Weg. Der Weg führt einmal quer durch die verlassene Arbeitersiedlung. Hinter einem gelben Container hält er inne und tastet mit dem Fuß den Boden ab. Er fegt ein paar Steine weg und kniet sich hin. Unter den Steinen kommt eine metallene Flügeltür zum Vorschein, die mit einer Stahlkette und einem dicken Schloss gesichert ist. Er öffnet das Schloss und zieht die Stahlkette mit großem Getöse aus der Verankerung.

»Hilf mir mal.«

Die Tür ist schwer. Sie muss Tonnen wiegen. Zusammen bekommen sie sie gerade so geöffnet. Er leuchtet in das Verließ hinein. Eine wackelige Holztreppe führt nach unten ins Nichts. Man muss sich etwas bücken, damit man nicht mit dem Kopf gegen die Decke stößt. Es riecht nach Benzin und alten Chemikalien. Rostige Kanister, Metalltonnen und Eimer fliegen herum. Werkzeuge, Geräte und Maschinen. Staub liegt in der Luft.

»Das ist deine Schatzkammer? Hier gibt es nur Schrott.«

»Warte ab«, entgegnet er. Er reicht ihr die Taschenlampe.

»Kannst du mal kurz leuchten? Am besten nach hier vorne, wo die Holzkisten sind.«

Sie nimmt die Taschenlampe und leuchtet rüber zu den kleinen Holzkisten, so dass er besser sehen kann. Er klemmt sich mehrere davon unter den Arm. Sie sehen aus wie zu groß geratene Zigarrenschachteln.

»Hier, nimm auch welche.«

Er reicht ihr ein paar Kisten. »Das sollte reichen. Komm.«

»Was machen wir hier?«

»Du wirst es schon noch verstehen. Du brauchst wirklich keine Angst mehr zu haben«, entgegnet er.

Hinter den Bergen kann man das Licht sehen. Es formt einen klaren gleichmäßigen Strahl. Wären sie auf dem Gipfel, könnte man ihn anfassen. Als sie nur noch ein paar Meter von dem Eingang zum Stollen entfernt sind, zögert er.

»Was ist?«

»Nichts. Ich wollte nur sichergehen, dass du bei mir bist.«

»Natürlich bin ich bei dir.«

Er betrachtet das Licht, als hätte er es erwartet. Dann schaut er ihr wieder in die Augen. So überzeugt wie noch nie.

»Du kommst zurück. Ich verspreche es dir.«

Er nimmt ihr mit der freien Hand die Taschenlampe ab und leuchtet in den düsteren Stollen hinein. Es ist totenstill da drinnen. Schwarze Rohre führen über ihre Köpfe hinweg in die Tiefe, schwere Stahlträger und Metallvorrichtungen sind an der Decke angebracht, verschmorte Kabel fliegen überall auf dem Boden herum, man kann Reste von Schienen erkennen. Es riecht nach verbranntem Holz. Sie tapsen ein paar Minuten lang durch das Dunkel. Die Taschenlampe leuchtet langsam etwas schwächer. Ewig wird sie nicht mehr durchhalten. Nach einer Weile geraten sie in einen größeren Stollen, von dem aus mehrere Gänge in alle Richtungen abgehen. Er leuchtet einmal in jede der Abzweigungen hinein.

Dann bleibt er stehen, befestigt die Taschenlampe in einer kleinen Halterung an der Wand und stellt die Kisten auf dem Boden ab.

»Hier ist gut«, sagt er.

Es ist fast so, als hätten die Gänge Augen, die sie beobachten. Als hätten sie die Grenze erreicht. Als müsste man sich jetzt entscheiden für die eine oder die andere Richtung. Er öffnet eine Kiste, zieht mehrere braune Stangen hervor, die miteinander zu kleinen Bündeln verklebt sind, und legt sie vorsichtig auf den Boden.

»Sind das etwa Dynamitstangen?«

»Nein, Solana. Das sind die dicksten Blunts der Welt. Wir werden hier drinnen eine Party feiern.«

»Hör auf mich zu verarschen.«

»Du hast recht. Ich verarsch dich«, grinst er. »Es sind tatsächlich Dynamitstangen.«

»Kannst du mir bitte verraten, was du vorhast?«

»Habe ich doch gesagt. Ich werde alles beenden. Hier oben drüber befindet sich ein riesiger Schmelzwasserfluss. Den jage ich hier durch. Ich werde die Stollen einmal komplett fluten. Ein Knall und dann ist es vorbei. Für immer. Aber keine Angst, vorher kommst du nach Hause. Das Portal wird gleich offen sein. Es braucht manchmal eine Weile.«

»Spinnst du? Du wirst dich umbringen.«

Er zieht eine Vorrichtung aus Drähten hervor, während ihn die Schrecken des Dunkels umschweben. Es ist auch gar nicht mehr totenstill. Es ist, als wären sie nicht mehr allein.

»Alfie ...«, flüstert Solana, während sie ebenfalls in den Tunnel horcht, aus dem sich die Schritte und das Licht nähern.

»Du spürst es auch, oder? Du bist durch das Licht gekommen. Sie holen dich durch das Licht wieder zurück. Ich gehe eben auf die andere Seite. Bloß diesmal für immer.«

Er bemerkt, dass das Licht nicht nur Augen hat, sondern sogar Gestalt. Es kommen zwei Gestalten, eine groß, die andere klein. Ihre Stimmen brüllen autoritär laut wie durch ein Megafon. Er befestigt die Stangen weiter an den genau richtigen Stellen und verbindet sie mit den Drähten. Bereitet seelenruhig seinen allerletzten großen Knall vor.

»Tu das nicht.«

Doch für ihn ist es an der Zeit, sich zu verabschieden.

»Ich fürchte, du musst gleich gehen. Das wolltest du doch die ganze Zeit. Du hast gesagt, du hast die besten Freunde der Welt und du willst zu ihnen zurück. Nun kannst du zurück. Wie ich es dir gesagt habe. Ich habe dich nicht angelogen.«

Doch sie wirkt nicht besonders erleichtert. Im Gegenteil, in ihrem Blick ist Panik.

»Alfie, du kannst die Dämonen nicht auf die Art besiegen. Du gehörst auch in die menschliche Welt. Genauso wie ich. Die Welt der Geister oder was auch immer ... Scheiße, sie ist für die Geister da«, fleht sie jetzt regelrecht.

Er spürt ihre Hand, wie sie versucht, ihm die Steuerung wegzunehmen. Doch er hält sie weiter fest.

»Aber die menschliche Welt ist dysfunktional. Sie ergibt keinen Sinn. Auf nichts kann man sich verlassen.«

»Natürlich ist sie manchmal dysfunktional. Das ist sie für jeden. Aber man darf sie nicht einfach so wegwerfen, bloß weil einem mal etwas Schlimmes passiert ist.«

»Du sagst das so einfach. Für dich sieht die menschliche Welt ja auch ganz anders aus.«

»Meinst du, bei mir war es leicht? Glaub mir, ich bin wo aufgewachsen, da war es überhaupt nicht leicht.«

»Für mich ist es ganz sicher nicht leicht.«

»Das ist es für niemanden. Schlimme Dinge passieren. Menschen lügen. Sie tun sich schreckliche Dinge an. Es gibt aber auch gute Dinge in der menschlichen Welt. Wenn man sie aufgibt, dann ist alles verloren.«

»Glaub mir, ich habe die menschliche Welt lange genug gesehen. Sie ist falsch. Sie wird früher oder später den Bach runtergehen. Riech doch mal. Riechst du es nicht? Wie verbrannt es hier riecht? Reiche Menschen von weit weg haben andere Menschen einfach den Dämonen geopfert, um an noch mehr Reichtum zu kommen. Sie haben das ganze Land verpestet. Ich kann wenigstens dafür sorgen, dass das aufhört.«

»So wird es aber nicht aufhören. Sie werden andere Wege finden.«

»Dann habe ich wenigstens mein Bestes getan.«

»Hast du nicht. Du glaubst ja nicht mal mehr an deine eigene Punchline. Weißt du noch? Du hast gerappt, nur Lil' Shaman kann die Dämonen besiegen. So besiegst du die Dämonen aber nicht. So besiegst du nur dich selbst. Wenn du nicht mal an deine eigenen Texte glaubst, dann wirst du nie ein guter Rapper. Die Leute merken, wenn sich jemand selbst anlügt. Dann bist du auch nicht viel besser als all die anderen Lügner.«

»Aber die Dämonen sind stark. Sie sind mächtiger als jemals zuvor. Man braucht Superheldenkräfte, wenn man sie besiegen will. Ein Junge kann sie höchstens besänftigen. Aber er kann sie nicht besiegen. Das wissen wir beide. Machen wir uns doch nichts vor.«

»Kann er doch.«

»Kann er nicht. Du brauchst mich nicht zu verarschen.«

»Ich verarsch dich nicht. Soll ich dir eine Geschichte erzählen von einem Jungen, der Superheldenkräfte hatte? Da war ein Flugzeug, das ist mitten in der Wildnis abgestürzt. In dem Wrack war ein Mädchen, das verloren gewesen wäre. Doch der Junge hat sie da rausgeholt, obwohl er wusste, dass er sich in Gefahr begibt. Vielleicht ist er der mutigste Junge, den das Mädchen jemals getroffen hat. Er weiß es bloß nicht. Weil er an alles glaubt, nur nicht an sich selbst. Weil die Dämonen dem Jungen das Gehirn gewaschen haben.«

»Die Geschichte glaubt dem Jungen doch kein Mensch. Du hast sie doch selbst nicht geglaubt. Sie werden den Jungen mal wieder für einen Märchenerzähler halten.«

»Es ist völlig egal, ob sie ihn für einen Märchenerzähler halten. Wichtig ist, dass der Junge Superheldenmut bewiesen hat. Aber sich selbst gibt er auf. Wenn er aufgibt, dann haben die Dämonen wirklich gewonnen. Dann war alles umsonst.«

»Es war nicht umsonst. Das Mädchen hat sein Ziel doch fast schon erreicht. Es ist wie in der Geschichte mit dem kleinen Prinzen. Eines Tages wird sich das Mädchen den Himmel anschauen und es wird wissen, dass der Junge irgendwo dort draußen ist und dass es ihm gut geht. Das Mädchen sollte sich keine Sorgen mehr machen um den Jungen.«

Die Stimmen werden jetzt immer lauter. Sie sind fast da. Doch Solana gibt nicht auf.

»In meiner Geschichte ist es aber so, dass das Mädchen den Jungen in der menschlichen Welt sehen will. Weil sie nicht will, dass der Junge für immer in der Geisterwelt verschwindet. Weil das Mädchen und der Junge Freunde geworden sind. Freunde lassen einander nicht einfach verschwinden. Der Junge hat das Mädchen doch auch nicht verschwinden lassen.«

Alfie zögert.

»Sagst du das etwa, weil du meine Freundin bist und mich in der menschlichen Welt wiedersehen willst? Wie das Mädchen in deiner Geschichte?«

Sie lächelt, während ihr eine Träne über die Wange rollt. Er hat noch nie jemanden lächeln und weinen zugleich gesehen.

»Ja, Alfie. Ich sag das, weil ich deine Freundin bin und dich in der menschlichen Welt wiedersehen will. Genauso wie das Mädchen in meiner Geschichte. Du bist manchmal ein bisschen schwer von Begriff, oder?«

Er schnieft einmal ganz laut.

»Aber du kennst mich doch gar nicht mehr in der menschlichen Welt.«

»Natürlich kenne ich dich. Du bist Lil' Shaman. Ich werde dich an deinem lila Schlafanzug erkennen.«

»Das ist kein Schlafanzug«, murmelt er. »Das ist ein Nike-Tracksuit.«

Ihre Augen absorbieren das weiße Licht. Das Licht wird jetzt immer mehr. Viel Zeit haben sie nicht mehr. Wieder spürt er ihre Hand. Sie zittert ein wenig.

»Du hast vielleicht recht. Ich glaube, es tut wirklich ein bisschen weh.«

»Versprich mir, dass du dir nicht mehr wehtust. Du musst es mir versprechen.«

»Wir haben nicht mehr viel Zeit. Du solltest jetzt gehen.«

»Du meinst wirklich, ich komme durch dieses Portal, oder was auch immer das sein soll, nach Hause? Das ist doch absurd.«

»Ist es überhaupt nicht. Es im Prinzip wie eine Flugreise. Nur dass du dich nicht mal anschnallen brauchst. Du glaubst mir schon wieder nicht, oder?«

Er kneift die Augen zusammen, weil das Licht ihn schon blendet.

»Doch, Alfie. Ich glaube dir. Es tut mir leid, wenn ich dich einen Lügner genannt habe. Aber du musst es mir erst noch versprechen. Vorher werde ich nicht gehen.«

»Du musst aber jetzt gehen. Das Portal wird nicht für immer da sein.«

»Dann versprich es mir. Ich schwöre, ich werde vorher nicht gehen.«

»Aber dann bist du für immer hier gefangen.«

»Dann bin ich für immer hier gefangen.«

»Du spinnst doch. Du bist ja absurd.«

»Dann bin ich eben absurd.«

»Was soll ich dir denn versprechen?«

»Du hast mich genau verstanden.«

Er kann immer noch ihre Hand spüren. Sie fühlt sich warm an. Sie ist fast schon wieder so warm wie die Hand eines echten lebendigen Menschen. Denn wenn man genau hinhört, kann man Stimmen hören, die aufgeregt um sie herumscharwenzeln, als könnten sie es kaum glauben. Sie tragen weiße Kittel und starren aufgeregt auf die Monitore. Man hört das Piepen der Geräte. Hört ihr auch schon das Piepen der Geräte?

»Versprich mir, dass du die Geister in Frieden lässt.«

»Okay, ich verspreche es.«

»Du versprichst es? Schwörst du es auch?«

»Ich schwöre es.«

Alfie hebt die Hand zum Schwur.

»Du hast auch nicht die Finger hinter dem Rücken gekreuzt?«

Er zeigt zum Beweis die andere Hand und dreht sie einmal ganz schnell hin und her. Dann schaut er wieder hektisch ins Licht.

»Weißt du eigentlich, dass du ein ziemlicher Dickkopf bist?«

»Das höre ich häufig.«

»Das ist kein Privatjet. Sie werden nicht ewig auf dich warten.«

Doch sie macht immer noch keine Anstalten zu gehen. Sie nestelt an ihrem Hals herum und löst die Kette mit dem würfelförmigen Spiegelstein. Er betrachtet den Stein etwas verwundert.

»Was ist das?«

»Es ist eine Geheimwaffe. Er kann zaubern.«

»Du meinst, es ist ein magischer Stein?«

»Meine Ur-Großmutter hat ihn mir gegeben, als ich klein war. Sie hat gesagt, er beschützt einen vor den Dämonen.«

»Hast du Zauberpilze gegessen? Wie soll einen denn ein Stein vor den Dämonen schützen? Deine Oma hat dich verarscht.«

»Vielleicht hat sie das. Vielleicht ist es auch einfach nur ein ganz normaler Stein. Aber dann vergisst du den Dickkopf wenigstens nicht.«

Sie drückt ihm den Stein in die Hand. Er schaut ihn verwundert an. Denn tatsächlich funkelt der Stein jetzt wie ein kleiner Diamant. Das Licht flackert aufgeregt, als wolle es die beiden daran erinnern, dass es höchste Eisenbahn ist. Dass man sich jetzt wirklich verabschieden sollte. Bevor es zu spät ist.

»Ich werde dich niemals vergessen, Solana. Du bist die beste Freundin, die ich je hatte. Aber du solltest jetzt wirklich gehen. Nun geh schon.«

»Meinst du, die haben Bordservice? Ich glaube, ich könnte einen Drink vertragen.«

»Solana!«

»Ist ja gut.«

Sie nimmt sein Gesicht in beide Hände und küsst ihn sanft auf die Stirn.

»Pass auf dich auf, Alfie«, flüstert sie.

Dann dreht sie sich um und fängt an zu laufen, als wäre sie in ein magnetisches Feld geraten.

Schon bald kann man ihre Umrisse nur noch schemenhaft erkennen. Schließlich ist sie im Licht verschwunden. Er lässt den Stein in seiner Tasche verschwinden und schaut ihr gedankenversunken nach. Die beiden Polizisten haben ihn jetzt erreicht. Sie tragen Taschenlampen in ihren Händen. Der eine ist riesengroß und dünn, bestimmt über zwei Meter. Der andere ein kleiner untersetzter Mann. Ein Riese und ein Zwerg. Ein ungleiches Paar wie aus einem alten Schwarzweißfilm. Fehlen nur noch die Melonen und die Spazierstöcke. Stattdessen haben sie Polizeimützen und dunkelblaue Uniformen. Sie leuchten mit ihren Lichtern in sein Gesicht hinein.

»Alfie«, sagt der Riese. »Du hast deinen Vater schwer verletzt. Ist dir das klar? Wir werden dich jetzt mitnehmen. Verstehst du mich?«, sagt der Riese. Er rüttelt ihn richtig durch. Es ist ihm völlig egal. Sie hat es geschafft. Das koronale Loch hat sich wieder geschlossen. Die elektrisch geladenen Teilchen können nicht mehr hindurchdringen. Sie haben ihren Totentanz beendet. In ein paar Stunden werden sich die ersten Sonnenstrahlen des Tages ankündigen. Doch die beiden Polizisten verstehen gar nichts. Sie gucken einander an wie *Dumm und Dümmer*.

»Was ist mit dem Jung bloß los, Carl Gustav?«, fragt der Zwerg den Riesen, ehe er Alfie in Gewahrsam nimmt.

15

Der Riese und der Zwerg desinfizieren ihre Hände an dem Seifengerät, als hätten sie sich an ihm beschmutzt.

»Wir machen uns dann mal wieder auf den Weg, Laila. Oder braucht ihr uns hier noch?«

Der Riese schaut die Schwester fragend an.

»Wollt ihr nicht noch einen Kaffee?«

»Danke. Nicht mehr um die Uhrzeit«, sagt der Riese.

»Wir haben doch schon wieder Morgen. Da kann man einen Kaffee gebrauchen.«

»Wann hast du eigentlich das letzte Mal geschlafen?«, fragt der Zwerg, doch sie winkt bloß ab.

»Wisst ihr eigentlich, was sie gesagt haben soll, als sie aufgewacht ist und erfahren hat, wo sie ist?«, fragt Schwester Laila.

»Woher sollen wir das wissen? Wir waren mit dem kleinen Spezialfall hier beschäftigt.«

Der Riese deutet mit dem Kopf in seine Richtung.

»Sie hat gefragt, ob die Ärzte sie verarschen, als sie ihr erzählten, dass sie in Grönland sei. Ob sie ›das mit den Eisbären‹ meinten!«

Der Zwerg und der Riese schauen sich verwundert an.

»Das mit den Eisbären?«

»Ja. Die muss reden, als wenn die bekifft wäre. Hat überhaupt keine Ahnung, was passiert ist. Kann sich auch nicht an das Unglück erinnern.«

»Wäre ich halbtot aus einem Flugzeugwrack gezogen

worden und zwei Tage ohne Bewusstsein, würde ich auch reden, als wenn ich bekifft wäre«, sagt der Zwerg.

»Sie sagen, es sei ein Wunder, dass sie wieder aufgewacht ist. Was meinst du, was passiert wäre, wenn die uns hier weggestorben wäre. Da wäre hier die Hölle auf Erden losgewesen.«

»Die Reporter machen einen jetzt schon wahnsinnig. Du kommst gar nicht mehr durch zum Hospital. Die haben da alles blockiert. Was, wenn ich mir jetzt was breche.« Der Riese deutet auf den Linoleumboden. »Kaffee verschütte und ausrutsche. Müsste ich tagelang mit gebrochenem Bein rumlaufen.«

»Jetzt übertreib mal nicht.«

»Ich übertreibe nicht. Die führen sich auf, als wäre hier ein Alien gelandet.«

»Die fliegen die heute nach Nuuk, habe ich gehört. Soll schon soweit stabil sein, dass man sie ohne Bedenken verlegen könne. Vielleicht ist dann morgen auch wieder Ruhe hier. Kannst dir also ruhig dein Bein brechen«, sagt Schwester Leila.

»Dann kann die ja gleich noch mal abstürzen«, witzelt der Zwerg.

»Darüber macht man keine Witze.«

»Du hast recht. Das war ein schlechter Witz.«

»Wollt ihr jetzt einen Kaffee, oder nicht?«

»Lass mal«, entgegnet der Riese. »Wir machen uns auf den Weg. Ihr kommt klar mit dem Ausreißer hier?«

»Keine Angst. Der ist ruhiggestellt«, sagt Schwester Laila. Sie stupst mit ihrem Finger an seine Nase. Das macht sie gerne.

»Guck, wie selig der aussieht. Der ist völlig abwesend. Wenn du mich fragst ...«, sagt der Zwerg. Er dreht eine imaginäre Schraube am Kopf.

»Lasst mal gut sein. Der hat es nicht leicht«, entgegnet die Schwester.

»Wirklich keinen Kaffee mehr?«

Der Riese schüttelt den Kopf.

»Keinen Kaffee mehr. Wir holen den Jungen dann später ab.«

Der Zwerg und der Riese verschwinden zur Tür hinaus. Schwester Laila wendet sich ihm zu.

»Was denkst du dir eigentlich dabei? Was passiert in deinem kleinen Kopf?«

Sie streicht ihm über die Haare. Sie nimmt sein Gesicht zwischen Daumen und Zeigefinger, um ihn sich genauer betrachten zu können. Die Tablette aus dem Medizinschränkchen macht ihn noch seelenruhiger, als er ohnehin schon ist. Er mag die Tablette eigentlich ganz gerne, auch wenn sie bitter schmeckt. Er kann schon die Wärme in sich aufsteigen spüren. Von draußen dringt das Morgenlicht durch die Scheibe.

»Dr. Larsen ist gleich für dich da«, seufzt sie. Dann verschwindet sie in dem weißen Zimmer. Man hört Stimmengetuschel aus dem weißen Zimmer. Wenn er sich konzentriert, kann er ihre Stimmen lauter stellen. Wie mit einer Fernbedienung. Er kann Dr. Larsen und Schwester Laila dann glasklar reden hören.

»Ich weiß nicht mehr, wie ich zu ihm durchdringen soll. Es ist, als würde man direkt ins Herz der Finsternis reisen«, sagt Dr. Larsen.

»Er steht völlig neben sich. Es ist schrecklich«, entgegnet Schwester Laila.

»Es wird immer schlimmer. Derealisation, halluzinierte Geistwesen, parasuizidale Handlungen. Jetzt schlägt er auch noch seinen Vater halb tot. Ich sagte ja, eine Therapie kann man nur noch unter stationären Behandlungsbedingungen durchführen und die haben wir hier nicht. Mir tut er auch leid, aber ich kann nichts mehr für ihn tun. Wie viel haben Sie ihm gegeben?«

»Maximale Dosis Haloperidol. Er ist ruhig.«

»Gut. Bringen Sie ihn rein.«

Die Tür geht auf und Schwester Laila winkt ihn herbei.

»Komm, Alfie.«

Er steht auf. Das weiße Zimmer kann ihm nichts mehr anhaben.

»Setz dich«, sagt Dr. Larsen und deutet auf das weiße Sofa. Er muss sich jetzt nur konzentrieren. Es vernünftig zu Ende bringen. Eine nervöse Stille breitet sich aus. Dr. Larsen macht keine Andeutungen, die Stille zu durchbrechen. Der Arzt mustert ihn. Er kann die Gespräche schon vorhersehen. Gleich würde Dr. Larsen ihn fragen, wie es ihm ginge. Je überzeugter Dr. Larsen ist, dass es ihm gut geht, desto kürzer die Gespräche. Doch Dr. Larsen würde sich Zeit lassen mit dem Fragen. Meist wartet er eine Minute. Um die richtige Atmosphäre zu erzeugen. Wie jetzt auch. Nach einer Minute unterbricht Dr. Larsen die Stille.

»Wie geht es dir, Alfie?«

Er hat die angemessene Antwort während der Schweigeminute zum Glück hundertfach durchgespielt.

»Gut«, sagt er und faltet die Hände gebetsartig auf dem

Schoß zusammen. »Ich glaube, ich würde ganz gerne wieder in die Schule gehen.«

Der Arzt setzt seinen nachsichtigen Dr. Larsen-Blick auf.

»Es sind Ferien.«

»Stimmt, es sind Ferien. Hatte ich ganz vergessen. Schade eigentlich.«

»Du warst mehrere Tage weg. Möchtest du mir erzählen, was du gemacht hast? Hast du etwas unternommen?«

»Ja, ich war viel unterwegs. In den Bergen und so. Gucken, was so geht.«

»Gucken, was so geht? Was sagt denn dein Vater dazu, dass du guckst, was so geht?«

»Der ist ja selber viel unterwegs. Beruflich, und so. Der sagt da nicht viel. Ich muss ja auch lernen, meinen eigenen Weg zu gehen.«

Dr. Larsen und Schwester Laila gucken sich an, als würden sie sich in Gedanken beratschlagen. Als würde seine Bewertung der Ereignisse nicht mit der ihrigen übereinstimmen.

»Dein Vater arbeitet nicht mehr, Alfie. Er hat dich gesucht und er wirkte auch nicht so, als sei das in Ordnung, dass du guckst, was so geht. Weißt du eigentlich, dass dein Vater seit gestern im Krankenhaus ist?«

Er tut erschreckt.

»Im Krankenhaus? Nein, das wusste ich nicht. Hat er denn was Böses?«

»Er hat einen Felsbrocken auf den Kopf gekriegt. Er ist verletzt.«

Der Arzt schaut ihn mit seinem durchdringenden Blick an.

»Du wusstest das nicht?«

»Nein, das wusste ich nicht. Das ist ja schrecklich.«

»Es ist in den Bergen passiert. Am alten Augustinerkloster.«

»Er ist neulich schon schwer gestürzt. Ist mit dem Kopf auf der Straße aufgekracht. Weil er zu viel getrunken hatte. Hat sich richtig aufgeschrammt. Das musste genäht werden. Hier oben.«

Er deutet auf seine Schläfe.

»Jetzt fällt ihm auch noch ein Stein auf den Kopf. Er muss besser aufpassen.«

»Ihm ist kein Stein auf den Kopf gefallen. Man hat ihm den Stein auf den Kopf geschlagen.«

»Geschlagen? Wer macht denn sowas? Hat er sich wieder mit Lucas gestritten?«

»Ich weiß nicht genau, mit wem er sich gestritten hat. Vielleicht möchtest du es mir ja sagen.«

Er rutscht unruhig auf dem Sofa hin und her.

»Aber ... ich hab ihn doch gar nicht gesehen.«

»Soso, du hast ihn nicht gesehen.«

»Nein. Ich war doch an dem Bergwerk. Die Polizisten haben mich da weggeholt.«

»Ich weiß, du warst am Bergwerk. Aber du warst mehrere Tage verschwunden. Vielleicht möchtest du mir ja erzählen, wo du noch so überall warst.«

»Ich war nirgendwo anders. Ich schwöre!«

Er hebt die Hand zum Schwur, so wie er es von Solana gelernt hat. Doch der Arzt schaut ihn an, als gäbe es Zweifel an seinem Schwur.

»Weißt du noch, wie du mir versprochen hast, dass du mich nicht mehr anlügen würdest? Das war nach der Sache mit dem Geist. Du erinnerst dich bestimmt. Du meintest, du hättest einen Geist gesehen.«

»Ja, ich erinnere mich. Habe ich versprochen. Mache ich ja auch nicht mehr. Wirklich nicht.«

»Doch, Alfie, ich habe das Gefühl, das machst du. Ich habe guten Grund zu der Annahme, dass die Geschichte, die du mir erzählst, schon wieder nicht mit der Geschichte übereinstimmt, die tatsächlich passiert ist.«

»Wie meinen Sie das?«

»Du lügst. Wir hatten eine Übereinkunft. Aber du brichst diese Übereinkunft. Ich habe dir gesagt, wenn du diese Übereinkunft noch einmal brichst, dann kann ich nichts mehr für dich tun. Dann werde ich dir keine Hilfe mehr anbieten.«

»Aber ich lüge nicht«, stammelt er. »Wirklich nicht.«

»Doch, das tust du. Du warst an dem Augustinerkloster. Es gibt da Spuren von dir. Die sind eindeutig. Die sind nachweisbar. Du warst genau zu dem Zeitpunkt am Kloster, als dein Vater von dem Felsbrocken getroffen wurde, und du erzählst mir hier eine komplett andere Geschichte. Was mich zu dem Schluss führen muss, dass du lügst.«

»Aber ...«

»Nichts aber«, unterbricht ihn Dr. Larsen. »Ich mache jetzt etwas, das ich eigentlich nicht mehr machen wollte. Ich gebe dir noch eine Chance, mir die Geschichte zu erzählen. Und zwar so, wie sie wirklich passiert ist. Wenn du diese Chance nicht wahrnimmst, dann werde ich dir nicht mehr helfen. Dann wird man dich nach London bringen. Ich weiß, dass du dort Verwandte hast. Dort gibt es Spezialkliniken. Denen kannst du deine Geschichten erzählen, und dann wirst du sehen, was sie aus deinen Geschichten machen.«

»Nach London?«, fragt er. In seinem Kopf geht eine Riesenbimmel los. Bimmel-bimmel-bimmel.

»Nach London«, bestätigt Dr. Larsen. »Also, magst du mir die Geschichte so erzählen, wie sie wirklich passiert ist?«

Er holt einmal tief Luft. Dann atmet er aus und bemüht sich, Dr. Larsen in die Augen zu gucken, so wie es die erwachsenen Menschen machen.

»Ich möchte mich bei ihnen entschuldigen, Dr. Larsen. Sie haben recht, ich habe gelogen.«

Der Arzt knipst an seinem Kugelschreiber herum, lehnt sich zufrieden zurück und versinkt in seinem weißledernen Arztstuhl.

»Du gibst zu, dass du gelogen hast? Das ist doch ein Fortschritt. Du bist also bereit, mir die Geschichte so zu erzählen, wie sie passiert ist?«

Er nickt.

»Gut. Dann bin ich auch bereit, mir deine Geschichte anzuhören.«

»Ich muss gerade noch kurz in meinem Kopf aufräumen, weil da immer so viel drin ist.«

»Räum auf und lass dir alle Zeit der Welt, Alfie.«

Er räumt auf. Überlegt noch einmal die Reihenfolge der Ereignisse. Dann erzählt er die ganze Geschichte von vorne bis hinten. So, wie sie wirklich passiert ist. Denn da gibt es keine zwei Versionen.

»Also, es fing damit an, dass das Flugzeug an dem Gletscher abgestürzt ist. Sie wissen schon, das von der Sängerin. Ich war zufällig in der Nähe und ihr Geist hatte ihren Körper bereits verlassen. Die Rettungskräfte kamen ja erst später. Man konnte den Geist aber noch retten, weil er noch nicht hinter der Grenze war. Der Geist von dem Piloten war längst im Totenreich verschwunden. Dann ist ihr Geist erwacht. Sie hat erst einmal ihr Handy gesucht. Das war ihre größte Sorge! Müssen Sie sich mal vorstellen. Sie dachte auch erst, ich wäre behindert und ...«

16

Man sagt, wer sich der menschlichen Welt noch nicht gänzlich verschlossen habe, der begegne auf seiner Reise einer schützenden Figur gegen die bösen Mächte. Ihr erinnert euch, ich habe das am Anfang schon einmal erzählt. So war da ein Junge, der machte sich auf Richtung Unterwelt. Er sah Rauch von der Erde aufsteigen und ein Mädchen kommen, das ihn fragte, wohin sein Weg ihn führe. Er verkündete ihr, dass die Welt der Schatten sein Heim sei, doch sie rief »Papperlapapp« und zog ihn empor, denn sie war stärker als alle Dämonen. Sie rettete ihn vor dem Monster und führte ihn aus der schwarzen Höhle heraus. Von nun an gab es nichts mehr zu fürchten, denn das Tor zur Unterwelt hatte sie versiegelt und auch seine Feinde waren besiegt. So erzählt man sich die Geschichte, und wer sie anzweifelt, der muss wohl ein Arzt oder Apotheker sein.

Doch dass Solana eines Tages Großes leisten würde, das hatte Lisa López schon immer gewusst. Sie war sich zeit ihres Lebens sicher gewesen, man könne die Welt nur retten über die Musik. *Music is the healing force of the universe* hatte schon Albert Ayler gesagt. Als sie auf dem graubetonierten Vorplatz des kleinen Hospitals in der Morgendämmerung aus dem Wagen steigt und schon wieder die gleiche Traube aus Reportern, Kameramännern und Schaulustigen wahrnimmt, die sie gestern schon gesehen hat, die auch vorgestern schon gewartet hat, setzt sie ihre schwarze Sonnenbrille auf und denkt: Warum machen diese Leute eigentlich jeden Tag dasselbe? Als grüßte täglich das Murmeltier. Wieder und wieder versuchen sie, in die Vorhalle zu gelangen, und wieder und wieder werden sie abgewiesen. Der Zugang wird ihnen von den Sicherheitsleuten verwehrt. Sie müssten doch aus ihren Fehlern lernen. Die Schar hat sie jetzt registriert. Die Schar dreht sich um und stürzt auf sie zu. Die Schar hat sie gleich wieder eingekreist.

»Señora López! Señora López! Bitte, nur ganz kurz«, ruft der eklige Mann mit Glatze und ohne Augenbrauen und Wimpern, der ihr schon gestern auf die Nerven gegangen ist. Sogleich instruiert er seinen Kameramann und geht in Stellung: »Señora López, wie geht es Ihrer Tochter? Gibt es Neuigkeiten?«

Er hält ihr das Mikro unter die Nase, doch Lisa stößt ihn weg. »Bitte lassen Sie mich.«

Auch die anderen halten ihr aber jetzt die Mikros unter die Nase und zingeln sie weiter ein.

»Señora López! Señora López!«

Der Mann steht so dicht vor ihr, dass sie seinen Atem riechen kann. »Señora López, können Sie bitte hier in die Kamera guck...«

»Bitte lassen Sie mich einfach zu meiner Tochter!«

Sie schlägt ihm aus Versehen das Mikro aus der Hand, was den Mann knallrot werden lässt. Ob vor Wut oder Scham kann Lisa nicht genau einschätzen. Sie hat keine Lust, es herauszufinden. Zum Glück eilen jetzt mehrere der blau gekleideten Sicherheitsleute herbei, die den Eingang bewachen.

»Lassen Sie die Frau bitte durch.«

Sie formen einen kleinen Korridor, um Lisa den Gang durch die gläsernen Schiebetüren zu ermöglichen. In der

Vorhalle zieht sie die Sonnenbrille ab und atmet auf. Die Empfangsschwester stürzt gleich auf sie zu.

»Danke für Ihren Anruf. Wie geht es Solana?«

»Ich sagte ja, es grenzt an ein Wunder. Sie ist heute Nacht urplötzlich aufgewacht. Wie aus dem Nichts. Ihre körperlichen Funktionen sind stabil. Das Sprechen fällt ihr noch etwas schwer, doch das ist normal. Sie hat einige Gedächtnisstörungen, wahrscheinlich eine retrograde Amnesie. Sie weiß nicht, was passiert ist. Aber sie ist wohlauf. Sie war eine Tote mit Herzschlag. Nun ist sie wieder eine Lebende mit Herzschlag.«

»Kann ich sie sehen?«

»Natürlich. Kommen Sie.«

Die Schwester führt sie in Windeseile über die weißen engen Gänge auf die kleine Intensivstation. Man hört das Piepen der Geräte. Lisa kann den Klang der piependen Geräte zur Kontrolle von EKG, Blutdruck, Körpertemperatur nicht mehr hören, die ganzen Schläuche, Kabel, Monitore nicht mehr sehen. Sie ist froh, wenn es endlich vorbei ist. Aber ein Schlauch fehlt. Solana ist nicht mehr an das Beatmungsgerät angeschlossen. Sie benötigt es nicht mehr. Ihr Atem geht ruhig und gleichmäßig. Er trägt das Leben in sich. Lisa schleicht leise und vorsichtig ans Bett, für den Fall, dass Solana schläft. Aber Solana schläft nicht. Sie hat die Augen geöffnet. Sie ist hundemüde, aber sie kann nicht schlafen. Es ergibt biologisch gesehen überhaupt keinen Sinn, dass man hundemüde ist und nicht schlafen kann.

»Hallo Schatz«, flüstert Lisa mit brüchiger Stimme. Sie streichelt ihrer Tochter vorsichtig über die raspelkurzen Haare.

Outro

Acht Monate später

»Ich hab Ty mal ins Gesicht gespritzt.«

»Scheiße, du hast Ty einen Cumshot …?«

Moe prustet laut los. Auch die anderen kriegen sich kaum noch ein.

»Der hat mich halt geleckt und ich war bisschen sehr feucht, und dann ist da eben was rausgespritzt. Aber der hat sich angestellt, als hätte ich dem voll Bukkake, oder so. Kein Scheiß, der ist erst mal eine halbe Stunde duschen gegangen«, sagt Solana. »Das war megapeinlich.«

»Gerechte Welt«, wirft Fanta ein. »Allerhöchste Zeit, dass wir den Typen auch mal einen Cumshot verpassen. Ich meine, die spritzen selbst ständig rum und man hat die Sauce im Gesicht und soll das auch noch geil finden. Finde ich megagut, wenn da mal wer zurückspritzt«, erklärt sie, und Ana pflichtet mit erhobener Hand bei:

»Absolut, Schwester! Ab sofort wird zurückgeschossen …«

»Boah, ihr seid so scheiße«, grinst Solana.

»Komm schon, Baby, ich will auch einen Cumshot. Nur einen klitzekleinen. Bitte, bitte«, bettelt Moe.

»Du kriegst gleich einen Footshot.«

Solana deutet den Tritt an, stoppt aber kurz vor Moes Gesicht.

Er hat seine schulterlangen Dreads zum Zopf gebunden

und trägt einen bronzefarbenen Paillettensweater zur knallengen Jeans. Solana ist wie eine große Schwester für Moe. Man versteht die Hälfte seiner Texte kaum, weil Moe in einer Mischung aus Patois und Fantasiesprache rappt und die Punchlines wie ein Maschinengewehr raushaut, dass man sich den Sinn manchmal denken muss. Aber Solana liebt Moes Musik, weswegen sie ihn unbedingt als Support für die *Multiverse*-Tour dabeihaben wollte, und sie liebt Moe, auch wenn man manchmal auf ihn aufpassen muss. Aber wenn man Moe braucht, dann ist Moe immer für einen da. Und wenn Moe sagt, kommt, wir spielen Flaschendrehen, dann spielt man eben Flaschendrehen. Moes Regel heute: Auf wen die Flasche zeigt, der muss seine peinlichste Sexgeschichte erzählen. Er grinst schon vor sich hin, weil er hofft, dass er gleich dran ist.

»Wollt ihr noch eine heiße Story?«

»Wir kommen ja scheinbar nicht drumherum«, seufzt Ninja.

»Also ... hattet ihr schon mal Sex in einer Kirche?«

Moe kichert erwartungsfreudig wie ein kleines Kind.

»Mit einem Priester?«, johlt Fanta und hält sich mit gespielter Entrüstung die Hand vor den Mund.

»Nein ...«

»Sag nicht, du hast einen Priester vernascht? Auf dem Altar? Alter!«, legt Fanta noch einen drauf.

»Nein, habe ich nicht.«

»Wehe, du hast ins Weihwasser gespritzt. Ich lass mich nie wieder segnen, ich schwör!«

»Ich hab auch nicht ins Weihwasser gespritzt. Ich hatte nur mal ... wir waren auf einer Party und da war dieser

Typ. Wir wollten eigentlich in ein Hotel, aber dann sind wir eben an dieser Kirche vorbeigekommen und die war offen.«

»Du hast Gott deinen Johannes gezeigt? In einer Kirche?«, fragt Ana.

»Herrje, Gott hat meinen Johannes zig Mal gesehen. Ich bin gebenedeit mit einem großen Johannes. Gott sollte sich freuen, dass er eine solche Pracht erschaffen hat. Weil mein Johannes eine Offenbarung ist!«

»Gott wird deinen Johannes abschneiden und in der Hölle schmoren lassen«, widerspricht Ninja.

»Gott hat meinen Johannes erschaffen und es war ihm eine große Freude. Denn Ehre sei dem Vater und dem Sohn und dem Heiligen Johannes. Nun muss er die Konsequenzen tragen, dass er einen so prächtigen Johannes erschaffen hat. Außerdem haben wir gar nicht richtig gepimpert.«

»Ihr habt gar nicht richtig gepimpert? Was habt ihr denn gemacht?«

»Wir haben ... ihr wisst schon. Spiritus Sanctus Fellatius.«

»Ihr habt euch die Johannesse in den Mund? Vor den Augen Gottes? Scheiße, du musst auf der Stelle Buße tun. Sonst kommst du in die Hölle. Und damit meine ich die richtige Hölle!«, entgegnet Ana.

»Du weißt, wie die Hölle aussieht?«

»Nein. Aber ich weiß, was sie über das Jenseits sagen. Es sei ein köstliches Land, das sie im Westen vermuten und dort gebe es grüne Wiesen, prächtige Berge und Flüsse mit kristallklarem Wasser und immer etwas zu essen für die Toten. Die Toten gehen auf dem Kopf und sprechen eine

Sprache, die nicht die unsere ist ...«, sagt Moe, bricht dann aber ab und wirft einen nervösen Blick auf Solana.

»Scheiße, ich hab dummes Zeug geredet. Ich wollte nicht ...«, entschuldigt sich Moe.

»Schon gut«, entgegnet Solana und schnappt sich den Joint, den Moe vorhin angezündet hat. Sie ascht auf den Teller mit den Carpaccioresten ab.

»Du weißt, ich rede manchmal schneller, als ich denke. Es tut mir leid.«

Moe robbt an sie heran und drückt ihr einen feuchten Kuss auf die Wange.

»Ihr müsst mich nicht behandeln wie eine Zuckerpuppe.«

»Machen wir auch nicht. Aber das ist dein erster Auftritt seit dem Unfall. Ich will nur, dass du auf dich aufpasst.«

»Falls ich auf dem Kopf tanze und in einer Sprache singe, die ihr nicht versteht, dann solltet ihr mich vielleicht von der Bühne holen. Ansonsten werden wir das schon hinkriegen.«

»Das werden wir, Schwester«, sagt Moe. »Ich kann deine Energie spüren. Wirklich. Glaub mir, London wird heute Abend auf dem Kopf stehen. Die Leute haben acht Monate auf dich gewartet. Sie sind heißer als mein Johannes. Weißt du übrigens, was die Offenbarung noch sagt über meinen Johannes?«

»Dein Johannes hat gleich meinen Fuß in seiner heiligen Fresse, wenn er weiter nervt«, entgegnet Solana schnippisch.

»Oooohh, gib ihm deinen Fuß, Baby. Er will ihn in seiner heiligen Fresse spüren. Komm schon.«

Moe schnappt sich Solanas linken Fuß und beißt ihr in den kleinen Zeh. Die muss lachen und drückt ihr Bein aus Reflex voll durch. Moe fliegt durch die Wucht des Trittes nach hinten und landet mit ausgebreiteten Armen mitten in dem aufgeklappten Koffer.

»Okay, sie ist definitiv wieder die Alte. Ich glaube, wir müssen uns wirklich keine Sorgen machen«, grinst Moe.

Anderthalb Stunden später sitzt Solana mit Ana in dem weißen SUV, der sie in die Arena bringen wird. Man konnte mit dem Fahrstuhl von der Etage aus direkt in die Tiefgarage fahren. Vorm Hotel war förmlich die Hölle losgebrochen. Irgendwie mussten sie es gecheckt haben, die Reporter, auch wenn das Hotel eigentlich geheim bleiben sollte. Aber irgendein Leak gibt es immer. Solana summt die Melodie von *See-line Woman* leise mit und starrt gedankenversunken aus dem Fenster. Das Gute an den verspiegelten Fenstern: Sie kann sie sehen, aber die da draußen können sie nicht sehen. Man könnte Grimassen schneiden, Stinkefingern, sogar den Arsch ans Fenster halten und den Reportern ins Gesicht pupsen, wenn man denn wollte – sie würden es nicht einmal merken.

Wiggle, wiggle, turn like a cat
Wink at a man and he wink back
Now child, see-line woman
Empty his pockets and wreck his days
Make him love her
And she'll fly away

See-line woman ist das Lieblingslied ihrer Mama. Im Original sei es gar nicht von Nina Simone, sondern ein uraltes Traditional, das man schon im neunzehnten Jahrhundert gesungen habe, und eigentlich ginge es auch gar nicht um Seelöwinnen, sondern um ... aber das werde sie Solana irgendwann mal erklären, hatte ihre Mama immer gesagt. Aber Solana war ja nicht dumm. Natürlich hatte sie gecheckt, worum es in dem Song ging.

Sie hatte vorhin mit ihrer Mama telefoniert. Mama hatte so ziemlich das Gleiche wie Moe und Ana gesagt und Ana hatte ihr versprechen müssen, dass sie auf Solana aufpasst. Dann hatte Mama sie an Papa weitergereicht und der hatte gesagt, dass er vorhin das erste Mal seit über zwei Jahren joggen war und über eine Stunde durchgehalten habe und topfit sei, und wie sehr er sich auf die Europareise freue. Ihre Eltern werden nächste Woche in Lissabon zur Tour stoßen und ein paar Tage gemeinsam mit Solana verbringen, ehe sie sich noch eine Woche auf Sizilien erholen.

»Riri ist wohl da. Sie wohnt ja jetzt in London«, sagt Solana.

»Cool. Hab sie ewig nicht gesehen. Kommt Schizo auch?«, fragt Ana.

»Glaub schon.«

»Du hast wirklich mit ihm gesprochen?«

»Klar. Meinte, er würde es versuchen.«

»Hat er gesagt?«

»Hat er gesagt.«

»Am Telefon?«

»Nee, am Faxgerät.«

Solana lacht. Ana boxt sie in die Seite.

»Hör auf, mich zu verarschen. Der hat doch nie im Leben ein Telefon.«

»Natürlich hat der ein Telefon. Der hat sich die ganze Zeit schon superoft gemeldet. Der ist gar nicht so nerdy, wie ihr immer denkt.«

»Natürlich hat der ein Telefon«, ahmt Ana sie spöttisch nach. »Ich mein, klar, der zeigt halt nur nicht gerne sein Gesicht. Und mal kommt er, mal kommt er nicht. Aber oft kommt er eben auch nicht.«

»Hör auf, dich über den lustig zu machen.«

»Ich mach mich doch gar nicht lustig. Ich hab da nur so meine Theorie.«

»Du hast deine Theorie?«

»Ja. Ich meine, keiner von uns hat Schizo je gesehen. Alles, was wir von ihm kennen, ist die Musik. Aber kein Gesicht, weißt du?«

»Keine Ahnung, was du meinst.«

»Was, wenn Schizo ein Gesicht hat, das wir alle ziemlich gut kennen? Vielleicht hattest du ja recht mit deinem Tweet.«

»Alter, hast du Moes Socken geraucht, oder was?«

»Jetzt überleg doch mal. Du warst zwei Wochen alleine mit dem im Studio, und der Einzige, der den die ganze Zeit gesehen hat, bist du. Wer also könnte Schizo sein? Du hast doch *Fight Club* gesehen, oder?«

»Nein, aber ich weiß, wer gleich *Fight Club* auf seiner Nase hat.«

»Ich mein ja nur. Theoretisch wäre es doch echt abgefahren, wenn ...«

Wenn ein Mensch kurzzeitig das Jenseits durchwandelte und man schenkte ihm eine Blume zum Beweis, dass er dort gewesen, und beim Erwachen hielte er die Blume in seiner Hand ... was dann?

Irgendein berühmter Geist soll sich das vor Hunderten von Jahren schon einmal gefragt haben. Tja, was dann?

Ich jedenfalls werde jetzt verdampfen. Wir sind ja auch fast am Ende. Ihr habt es hoffentlich gemerkt: Solana geht es gut. Sie hat die Sache überstanden. Nach ein paar Monaten der Ruhe und Regeneration war sie vollends wiederhergestellt. Auch Jose geht es gut und er hat noch viele Jahre vor sich. Die Welt der Geister wird noch eine Weile auf ihn warten müssen. Woher ich das weiß? Weiß ich eben. Wisst ihr übrigens, was Joses Lieblingsplatte ist? *Ghosts* von Albert Ayler! Kein Witz. Kennt ihr? Ist halt mehr so Jazz. Mit Don Cherry am Kornet, Gary Peacock am Bass und Sunny Murray am Schlagzeug. Ziemlich cooles Quartett eigentlich. Mittlerweile leider fast alles Geister. Ich für meinen Teil bin jetzt weg.

Wenn irgendwas ist ... Solana ist ja noch da. Sie wird gleich auf die Bühne gehen. Ganz ohne Cheetos übrigens. Denn in England ist das mit den Chips ja Essig, wenn ihr versteht, was ich meine. Sie zupft sich ein letztes Mal zurecht. Ihre Hand zittert ein wenig, aber das ist normal. Das tut sie immer kurz vor der Show. Zum zweiten Song *Intergalactic Power* wird sie mithilfe eines Krans an unsichtbaren Seilen über die tobende Menge geflogen. Dann sieht es aus, als könne sie tatsächlich fliegen. Sie fliegt über die Menge und kommt freischwebend in der Luft zum Stehen, wie eine Superheldin. Sie kann die kreischenden Gesichter von oben betrachten. Wie den Jungen mit den blonden, zerzausten Haaren, die ihm in alle Richtungen abstehen. Er wird dreizehn, allerhöchstens vierzehn sein und trägt einen lila Trainingsanzug, der aussieht wie ein Schlafanzug. Sie kann ihn im Scheinwerferlicht erkennen. Er hat etwas am Hals. Es funkelt wie ein kleiner Diamant.

Dank gilt Çiğdem Akyol, Britta Tekotte, Julia und Risto Lenz, Paula Irmschler, Frederike Wetzels, Katharina Schmidt, Daniel Wichmann, Frank Eckert, Meret Meier, Thomas Meckel, Christopher Szwabczynski, Sarah Kmita, Marc Halder, Angel Pinar Molina, Roland Wilhelm, Tom Ashforth, Ingo Rüdiger und dem Ventil Verlag, sowie den Teilnehmer*innen des Atelier NRW.

Daniel Borgeldt
Schnulzenroman
Die Autobiografie des Heinrich Fraunhofer
aka Danny Silver

328 S. • ISBN 978-3-95575-135-7

Nach einem gescheiterten Suizidversuch organisiert Heinrich Fraunhofer, 72 und ehemaliger Schlagerstar, sein Leben neu. Dabei behilflich sind ihm eine junge Punksängerin, ein misanthropischer Maler und ein Schriftsteller, der nie auftaucht.

»Schnulzenroman« berichtet von gescheiterten und erfolgreichen Künstlerexistenzen, den Problemen der 68er, die nie so wie ihre Eltern werden wollten und es eben doch geworden sind, fragt nach der gesellschaftlichen Relevanz von Musik, stellt Thesen über den deutschen Schlager auf und hält am Ende fest, dass alles andere wichtig ist, nur nicht die Kunst – oder doch?

Daniel Borgeldt erzählt ein Stück BRD-Geschichte aus der Perspektive eines Schlagerstars, der eigentlich Künstler werden wollte. Ein Pop-Roman über Schlager, Zwölftonmusik und Punk.

Pia Klemp
Entlarvung
Roman

224 S. • ISBN 978-3-95575-142-5

Klimagerechtigkeit und Umweltschutz sind nicht erst seit Fridays for Future zentrale Anliegen einer Jugend, die nicht mehr hinnehmen will, dass der Planet Erde in einigen Generationen unbewohnbar sein wird.

Was ist der Auslöser, sich zu engagieren, sein geregeltes, aufgeräumtes Leben an den Nagel zu hängen und sich politisch einzubringen, fragt Pia Klemp in ihrem Roman, in dem der Alltag der Museumsangestellten Rubi durcheinander gerät, als sie zufällig zur Komplizin der Umweltaktivistin Iana wird.

Gemeinsam erproben die beiden verschiedene Formen des Aktivismus, besetzen einen Wald, um ihn vor der Rodung zu schützen, und befreien Tiere aus einem Schlachthof. Rubi verzweifelt zunehmend daran, nur punktuell helfen zu können und steht schließlich vor einer schwerwiegenden Entscheidung.